MAITRESSE

LÉO LESPÈS

PARIS

MÉMOIRES

DE

MES MAITRESSES

F. AUREAU. — IMPRIMERIE DE LAGNY.

MÉMOIRES

DE

MES MAITRESSES

PAR

LÉO LESPÈS

(TIMOTHÉE TRIMM)

PARIS

E. DENTU, LIBRAIRE-ÉDITEUR

PALAIS-ROYAL, 17 ET 19, GALERIE D'ORLÉANS

1875

PRÉFACE

Je n'écris pas absolument l'ouvrage présent
pour les élèves de sixième.

Il s'y peut trouver des tableaux trop gracieux ; ce n'est pas ma faute, mais bien certainement celle du sujet que j'ai traité. Toutefois
l'anatomiste qui dissèque un cadavre ne craint
pas de commettre un acte léger... La mort
comme la statuaire a sa pudeur et sa majesté...

Or ce sont des amours défuntes [dont je
remue aujourd'hui la cendre refroidie.

1

Pauvres petits Cupidons blancs et roses, si bien constitués qu'on les croyait destinés à devenir centenaires! Les voilà rangés comme des suicidés de la Morgue... sur des monceaux de fleurs effeuillées... De même qu'on découvre encore des beautés, des ombres de sourire, des vestiges de grâces évanouies dans certains portraits de grandes dames des premiers siècles; on retrouve aussi, de ci, de là, sur mes amours trépassés des symptômes qui ressemblent à un reste de vie..... et que paraît ranimer la chaleur des souvenirs.

Mais tout est bien fini, dirais-je à celui qui me demanderait, comme Calino suivant un enterrement: *Il n'y a donc plus d'espoir?*

La Musette volage d'Henry Murger laissait bien souvent la clef sur la porte de son cœur; — Y entrait qui voulait, on le visitait comme on va voir dans les maisons de Paris les appartements à louer.....

On pouvait demander au besoin au dernier locataire si, dans ce brasier ardent, les cheminées ne fumaient pas. Malgré cela, les portes ne restaient pas grandes ouvertes...

Et on laissait au dernier occupant le temps de déménager son bagage amoureux.

Les cœurs que j'ai habités, et dont j'ai conservé le souvenir, sont restés, après mon départ, béants et accessibles à l'analyse ; les uns visibles seulement à certaines heures, comme des palais impériaux, les autres facilement hospitaliers... avec ou sans écriteau...

Il en est dont je ne puis parler, sans craindre qu'on les reconnaisse. Tel cœur que je décrirai semble avoir, comme les locaux de Paris, changé de nature ainsi qu'on change les papiers pour plaire à chaque nouveau locataire.

⁎

Ai-je tort de faire ainsi ma confession, de

descendre dans les catacombes de mon âme, et d'y chercher ceux des anciens martyrs de ma fantaisie qui ont mérité la canonisation?

Je ne le crois pas. Les femmes elles-mêmes n'en ont pas voulu beaucoup à Jean-Jacques Rousseau, quand il raconta, dans un livre tiré à quelques centaines de mille exemplaires, comment il cueillait galamment des cerises, et de quelle façon était formée la gorgerette de madame de Warens.

Le plus grand danger, c'est le confrère Pudibond qui viendra crier à l'immoralité, comme si la France n'était pas le sol natal de la galanterie.

Voltaire a écrit, il y a beau jour, sur Dorat :

> Bons dieux! que cet auteur est triste en sa gaîté!
> Bons dieux! qu'il est pesant en sa légèreté!
> Que ses petits écrits ont de longues préfaces!
> Ses fleurs sont des pavots, ses ris sont des grimaces.

Que l'encens qu'il déploie est plat et sans odeur !
C'est, si je veux l'en croire, un heureux petit-maître ;
Mais, si j'en crois ses vers, ah ! qu'il est triste d'être
Ou sa *maîtresse* ou son lecteur !

J'entends déjà, à la cantonade, le journaliste scandalisé qui viendra soutenir que j'em-
poisonne les sources, parce que j'y prends
quelques gouttes d'eau pour faire revenir à
leurs couleurs primitives..... de mes roses
trop vite épanouies.

* *

A l'heure actuelle, en écrivant, j'ai ouvert
devant moi un coffret qui n'a pas été touché
depuis bien des années.

J'y découvre un papillon qui a péri victime
de sa constance... et de l'inflexibilité de ses
opinions.

Voilà pourquoi je retrouve ses restes déco-
lorés.

*
* *

Et à ce propos, qu'il me soit permis de dire
tout de suite que j'ai constamment, en matière
de galanterie, préféré faire la cour à la Porte
Saint-Martin... qu'à la Porte Saint-Denis...

Ce n'est pas que chacune de ces construc-
tions ne porte le nom d'un maître.

Elles ont été érigées aux frais de la ville de
Paris, par le Haussmann qui l'administrait de
1672 à 1674, pour célébrer les victoires du
Roi-Soleil, et quand on veut savoir si nous
l'avons véritablement eu, le Rhin allemand de
Becker, on n'a qu'à consulter ces gigantesques
garnitures de pendules, qui célèbrent nos victoires en Allemagne et notre passage du

Rhin. Mais enfin la Porte Saint-Denis place haut son contrat de mariage, son enseigne, *Ludovico magno*, qui révèle un maître.

Tandis que la Porte Saint-Martin, plus jeune de deux ans que sa voisine, et conséquemment plus accessible aux séductions, semble cacher le nom de son dominateur bien-aimé, dans une inscription aussi mignonne... que les robes de deuil d'une veuve coquette...

Je suis donc l'ennemi-né des liaisons qui contrarient tous engagements pris devant M. le maire en écharpe, et toute noce en habit des dimanches.

Et j'ai sans cesse évité ce qui pourrait ressembler, sur la terre du Tendre, à une apparence de braconnage.

.**.

Je n'ai jamais absolument cru au type de

Don Juan, barbu, moustachu, ayant achevé sa
croissance et possédant au complet ses dents
de sagesse.

Don Juan enfant, adolescent, Don Juan mi-
neur non émancipé, je le veux bien...

Le Chérubin du *Mariage de Figaro*, je ne dis
pas non..., le Des Grieux de *Manon Lescaut*,
passe encore, le Fortunio du *Chandelier*, si sen-
timentalement, si enfantinement attifé par
Alfred de Musset... ma foi, oui.

L'Amour est un enfant, et tout ce qui se ressemble s'assemble...

A cet âge, l'homme emprunte à la femme...
sa faiblesse qui fait sa force.

Mais un Don Juan qui a la barbe forte, la
moustache cirée à la pommade hongroise, la
carte des dernières courses au chapeau, l'a-
vant-scène des premières représentations dans
sa poche de gilet?... Allons donc, c'est le ca-
pitaine Clavaroche, c'est Leporello, c'est peut-

être le Commandeur en chair ou en marbre...
ce n'est pas Don Juan...

*
* *

Le Don Juan que se sont passé les poëtes, à
travers les siècles, de main en main, depuis
Plaute jusqu'à M. de Mallefile, était un *sincère*.

Quand il s'appliquait, à l'endroit du cœur,
de la râclure de pommes de terre, c'est qu'il
avait été réellement brûlé.

Il avait l'honnêteté de la girouette qui tourne
à tous les vents... sans avoir jamais songé à
apprendre la valse à deux temps...

Les grands vainqueurs de notre époque ressemblent aux chasseurs les plus enragés.

Ils se lèvent, par des températures ef-
froyables, à des heures impossibles.

Ils quittent l'abri commode, l'asile récon-

1.

fortant, le ciel clément, pour aller se tapir
derrière quelque montagne de neige.

Ils suivent le gibier...

Ils le harcèlent!...

Ils le visent!...

Ils l'abattent!...

Et ils ne le mangent pas!...

Par dédain, rancune de la peine prise, par
défaut d'appétit... ils négligent de profiter de
leur conquête, se contentant de prouver qu'ils
ont encore l'œil bon, le pied solide et la main
sûre...

*
* *

Dans ces souvenirs de ma jeunesse que je
livre au public et où les personnages appa-
raissent masqués, revêtus de travestissements
qui les rendent méconnaissables, équipés

comme pour une mascarade ; dans ces tendres réminiscences, dis-je, le naïf sera toujours moi...

Ce n'est pas aux premières étapes de la vie qu'on abandonne libéralement la perdrix abattue ou le lièvre pris au gîte.

George Maillard m'a conduit, il y a deux ans, aux bords de la Seine, près de Bougival.

Il m'a mis une ligne dans la main, et retournant la sentence qui fit de saint Pierre le fondateur de la papauté, il m'a dit :

— Tu as espéré être pêcheur d'hommes, sois pêcheur de goujons !...

J'ai tendu le bras, retenu mon haleine, imposé silence aux sauterelles qui semblaient réclamer, sur cette plage toute parisienne, le droit de réunion et la libre pensée...

Après une heure de chaleur, d'attente, de recueillement, j'ai pêché, non un goujon, mais une modeste ablette...

Eh bien, je l'eusse conservée salée, si je n'avais su que la salaison était un honneur rendu au poisson, de temps immémorial, et que Phidippas, chez les Grecs, et Marius Appius, chez les Romains, avaient dû prendre pour ce soin un brevet d'invention.

Je l'eusse fait monter en breloque, si elle avait pu être *dorée* par le procédé Ruolz, comme par la poêle à frire.

Et, au repas du soir, je dévorai seul ma pêche miraculeuse.

*
* *

Oui, j'ai été le croyant, le sincère, l'apôtre, dans ces temps du primitif amour.

J'ai cru à tout : aux églantiers éternels, aux marguerites prophétiques, aux spasmes de la sensitive, à la modestie des violettes et aux serments d'affection constante.

De chacun de ces petits drames, il ne m'est resté que ce coffret contenant des lettres, des bagues, des cheveux... le « cabinet des accessoires de l'amour. »

Et je devrais psalmodier en manière de *De Profundis* le délicieux chant de Henri Heine, tout récemment traduit par deux jeunes auteurs, MM. Albert Mérat et Léon Valade.

Si les fleurettes de la haie
Voyaient mon cœur, ces bonnes fleurs,
Cherchant un baume pour ma plaie,
La parfumeraient de leurs pleurs.

Et si, d'une angoisse pareille,
Les rossignols avaient soupçon,
Ils chanteraient à mon oreille
Leur plus apaisante chanson.

Et si ma peine était connue
Des petites étoiles d'or,
Elles voudraient, perçant la nue,
Me dire le mot qui l'endort.

Mais nul ne peut savoir ces choses,
Une seule sait ma rancœur,
Et c'est la fille aux ongles rosés
Qui m'a fendu, fendu le cœur !

* *

Dans mes souvenirs, je confondrai peut-être ce mot, amour, avec des sentiments purs, des aspirations élevées qui s'y joignent comme les rossignols et les fauvettes vont se fixer sur les branches de nénuphar.

Je ressemblerai ainsi à cette vieille galante qui, dangereusement malade et ayant appris de son confesseur qu'elle devait aimer Dieu, répondait :

— Hélas ! mon père, à mon âge, comment songer encore à de nouvelles amours ?

Mais l'amour est peut-être l'unique sentiment qui vienne malgré nous.

La moins coquette des femmes, a dit Florian, sait qu'on est amoureux d'elle un peu avant celui qui en est amoureux.

Et le titre d'*amoureux* est bien une qualité, puisque le vieux maréchal de Brissac, recevant Marie-Antoinette alors qu'elle faisait, comme dauphine, son entrée dans Paris, lui dit, en lui montrant la foule qui entourait la voiture :

— Madame, vous avez sous vos yeux deux cent mille amoureux de votre personne.

* *

Je vais parler de l'amour à un âge où le cœur n'en est plus à sa première manière.

Autrefois, le maréchal de Tessé se trouvant un jour dans une compagnie de femmes du premier rang, peu de temps après avoir été contraint de lever le siége de Barcelone, une jeune dame charmante prit, non sans dessein, du tabac, et en fit part à ceux qui en souhaitèrent.

Le maréchal s'avança pour en prendre aussi; mais elle retira sa boîte en lui disant :

— Pardonnez-moi, monsieur, ce tabac vient de Barcelone, il est trop fort pour vous.

On pourrait en dire autant en voyant aborder un sujet si juvénile par un narrateur aussi *marqué* que moi, comme on dit au théâtre...

Cette critique ne m'intimidera pas; comme premier chapitre des *Mémoires de mes maîtresses*, je donnerai l'*Ombrelle rouge*.

Et cela avec des noms supposés, sans trahir aucun intérêt, sans révéler le secret de la franc-maçonnerie galante.

En ce qui touche les noms véritables de mes adorées persécutrices, j'imiterai, mes chères lectrices, l'exemple de Villa-Mediana.

Comme il accomplissait dans les tournois d'Angleterre force prouesses pour plaire à quelque mystérieuse dame de ses pensées, la reine Élisabeth lui ordonna de la nommer.

— Je ne saurais le faire, répliqua le parfait chevalier; mais je vous enverrai demain, Majesté, son portrait véritable.

Le lendemain, la reine reçut un simple miroir... dans lequel elle put se voir...

Que celles de mes lectrices qui voudront avoir le mot final de chaque énigme amoureuse et savoir quels sont les traits que j'ai aimés... se regardent dans leurs appartements... ornés de glaces.

Je m'en fie à leurs grâces personnelles pour donner à mes préférences une forme de beauté palpable... à mes tendres sentiments une excuse légitime.

MÉMOIRES

DE MES

MAITRESSES

L'OMBRELLE ROUGE.

Je vais raconter une aventure de mon extrême jeunesse, survenue à l'âge où j'étais à
peine majeur, et où j'emportai, comme le Ben-
jamin de la Bible, la coupe d'or d'autrui dans
mon sac, sans trop le savoir...

Coupe suave et splendide pour une bouche de vingt ans, mais au fond de laquelle, comme un gigantesque grenat oublié par l'ornemaniste, dormait la lie, cette antithèse naturelle des douceurs de tout vin...

Hélas! je ne fis même pas, à l'exemple du roi de Thulé, le sacrifice volontaire de mon joyau...

Je n'eus, pas à la façon du héros de Gœthe, l'âpre volupté de pouvoir le jeter à l'océan, pour remplacer par l'onde amère la suave liqueur qu'il avait contenue.

On m'arracha des mains la tasse vermeille, dont on avait imprudemment mis les splendeurs à ma portée, et il ne m'est resté, comme souvenir, que ce parfum du Nectar que conservaient, aux temps mythologiques, ceux qui s'étaient assis, ne fût-ce qu'un moment... à la table des dieux.

* *

Ma première maîtresse était grande, svelte, blonde et fébrile, nerveuse à l'excès ; une Anglaise véritable... vous l'avez déjà deviné.

Elle était un peu frêle, comme l'enfant qui a grandi trop vite.

Sur les arbres hâtifs, les feuillages sont moins épais.

Sur les églantiers les plus hauts, les roses sont souvent les moins épanouies.

Moi, qui n'avais jamais vu d'églantiers, je trouvais ces roses adorables...

Et j'avais peut-être quelque raison, car, en fermant les yeux pour mieux me rappeler le passé, je revois cette tête charmante...

Elle ressemblait, avec dix ans de moins, à la Phèdre du tableau de Guérin, laquelle re-

garde Hippolyte depuis un siècle dans le musée du Louvre... avec autant d'amour que de
colère...

Elle n'avait pas la tête ronde des filles de
Germanie, mais bien le visage allongé des
langoureuses impératrices romaines.

Ses cheveux blonds exhalaient si naturellement la suave odeur du foin, qu'on était tenté
d'y chercher le coquelicot et le bluet... qui devaient y pousser tout naturellement...

Ses deux oreilles, ourlées comme un coquil-
lage de la mer, étaient si petites qu'un philan-
thrope eût pris leur défense, en voyant qu'on les
obligeait à porter des pandeloques de corail.

Ses deux lèvres, d'un rose pâle adorable,
semblaient donner de la couleur aux mots qui
en tombaient aussi délicatement que les grains
s'échappent du pistil de la fleur de Vénus,
quand, alanguie, elle penche sa tête vermeille...

Ses yeux étaient bleus, non de ce bleu lym-
phatique qui ressemble à une couleur passée
au blanchissage.

Non de ce bleu céleste qui a toujours eu
besoin des rayons du soleil et des étoiles de la
nuit... pour se donner du ton...

Mais d'un bleu aussi foncé que le lapis-la-
zuli, quand la belle était en colère ; presque
aussi diaphane que le saphir, quand elle revenait à ses gaietés d'enfant...

Elle avait la main pâle et longue, les griffes
roses et blanches comme les œillets panachés,
la taille si fine, qu'on était tenté d'appeler sa
ceinture un *bracelet*.

Et ses dents étaient si blanches... et surtout
si petites, qu'on aurait pu croire que sa bouche contenait plutôt trente-six perles comme
le collier de Cléopâtre, que trente-deux que-
nottes... nombre désigné par le bon Dieu.

*
* *

Est-ce à dire que ceci soit un portrait complet? Ah! que nenni!

Il me faudrait l'aide d'un statuaire pour expliquer par quel miracle d'équilibre, son cou d'albâtre, peut-être un peu long, comme celui du cygne, soutenait cette belle tête, tantôt altière, tantôt souriante.

Il me faudrait un musicien mélodiste, Rossini, Auber, Massé ou Chopin — pas Wagner, s'il vous plaît — pour noter les harmonies que rendait sa robe de soie, comme si l'étoffe, apôtre de la liberté, protestait contre la captivité dans laquelle on tenait tant de perfections réunies...

La première fois que je vis Mary-Ann, elle caressait comme Lesbie, un oiseau, non un

moineau plus ou moins descendant du vola-
tile chanté par Catulle, mais un canari de
Hollande...

Je ne vis pas son baiser..., je l'entendis...
On peut imiter en musique le bruit de la fou-
dre, le son du canon, le lever de l'aurore, les
flots de la mer, les cris de l'homme, les pleurs
de la femme, les plaintes de l'enfant...

Appelez les musiciens les plus fameux, Pa-
ganini avec son violon, Vivier avec son cor,
Altès avec sa flûte, Alfred Quidant avec son
piano, Adelina Patti avec sa voix... ils n'imite-
ront pas le bruit du baiser.

C'est à croire que les lèvres, lasses de dire
des mots inscrits à la police du dictionnaire,
des phrases que la grammaire a censurées,
ont voulu garder leurs plus ineffables harmonies pour ce contact entre elles, qui est la
plus ravissante des caresses.

Un compositeur écrivit, il y a quelques an-

2

nées, un air de danse comme on n'en rencontre
pas dans l'*OEil crevé*.

Cela s'appelait la *Polka des Baisers*.

Il ne trouva rien pour rendre le choc des
lèvres... et ce furent les musiciens de l'orchestre qui lui vinrent en aide.

Ils embrassèrent bruyamment leurs mains...
à chaque retour de l'amoureuse ritournelle...

*
* *

Mary-Ann, qui avait dix-neuf ans, était
mariée à un sexagénaire, libre penseur de la
veille, qui affirmait comme doctrine, toutes
les libertés, même la liberté de la femme.....

Il prétendait, l'audacieux, que le mariage
n'était qu'une formalité municipale, une sorte
de passe-port social délivré aux jeunes personnes qui désirent s'entendre appeler *ma-*

dame, comme les d'Orléans en 1828 désiraient s'entendre appeler *Altesses Royales*, avec l'agrément du roi Charles X.

Ce sont peut-être ces dangereuses maximes qui ont égaré la jeune femme et moi.

A plus de vingt-cinq ans de date je sens ma faute et je ne la défends pas.....

Je pourrais dire qu'à vingt ans on croit que l'amour, comme le feu, peut se donner à tous venants, sans que le foyer s'appauvrisse.....

Je pourrais rejeter une partie de ma responsabilité sur ma complice.

Je n'en ferai rien. Et sérieusement, si Mary-Ann et moi, nous étions interrogés par le plus habile juge d'instruction, par le plus clairvoyant président d'assises, eussions-nous non-seulement juré, mais aussi décidé de dire la vérité..... nous serions bien embarrassés pour répondre.

En police correctionnelle, dans une rixe, les

pénalités de la loi atteignent surtout celui qui
a commis la première agression.

Nous ne saurions pas dire (nous ne l'aurions
pas pu dire, il y a vingt ans) quel est celui qui
a pris le premier baiser.

J'étais bien pauvre — et cependant je lui
donnai un présent, véritable offrande d'été.

Une ombrelle garnie d'or.

Je l'avais commandée tout exprès.

On faisait à Paris des ombrelles bleues,
blanches, vertes, couleur bronze.....

Mary-Ann voulait une ombrelle à la mode
anglaise de ce temps,..... elle voulait une ombrelle *rouge*.....

Le parasol fut, comme elle le désirait, d'une
teinte de pourpre.....

En échange elle m'avait fait un présent dangereux..... D'une de ses robes fond noir parsemé de myosotis..... elle m'avait confectionné une robe de chambre.

On a parlé du fameux voile de Déjanire, qui poussa au suicide l'athlétique Hercule.....

De même que l'uniforme du soldat excite le courage, et la robe du juge augmente le jugement et provoque à la sagacité, de même la robe de la femme aimée doit amener l'esprit à de regrettables erreurs.

Campistron a dit :

> Ne te souvient-il plus du voile inestimable
> Que Nessus en mourant remit entre tes mains?
> Du sang dont il est teint la vertu redoutable
> Peut renverser les projets des humains.

Est-il étonnant qu'un tissu soie noire et myosotis brochés, ait pu avoir sur votre serviteur, qui n'est pas un petit-fils d'Hercule, une influence quelconque?

La femme était belle, jeune, faible, privée des conseils maternels.

Le jeune homme était inexpérimenté, imprévoyant et se fût endormi sous l'arbre du bien et du mal, sans songer à disposer à l'avance une tasse de lait..... pour absorber l'appétit du serpent.

Le mari avait emprunté aux sectes les plus audacieuses de l'Angleterre, leurs idées de liberté, de libre arbitre, d'émancipation de la femme, de souveraineté de sympathies devant gouverner le monde.....

Il résulta de ce trio, ce qu'on nomme en anglais *an clopement*..... c'est-à-dire une sorte d'enlèvement.....

Nous ne prîmes pas l'échelle mignonne du

comte Almaviva, sur laquelle la Rosine de Bartholo posait résolûment ses petits pieds...

Nous ne regardâmes pas, comme Roméo, si c'était l'alouette qui chantait au lever de l'aurore ou bien le rossignol......

Nous partîmes un beau matin, allant cacher dans un obscur hôtel meublé, notre bonheur et notre audace.

Et laissant le pauvre sexagénaire - philosophe dans son isolement et sa douleur......

— Elle est partie, disait-il, elle a usé du droit naturel de suivre qui on aime, de fuir qui on n'aime pas..... Que Dieu l'assiste et la bénisse en sa toute-puissance.

⁎⁎

On a partout beaucoup discuté sur ce crime de l'adultère que la loi de Moïse punissait de la lapidation par le peuple.....

Le roi Canut bannissait l'homme et faisait couper le nez et les oreilles à la femme, sans doute pour empêcher ses séductions futures...

Dans le Languedoc, au treizième siècle, on obligeait les délinquants à courir sans vêtements, à l'heure de midi, dans toutes les rues de la ville que leur conduite avait scandalisée.

Il exista des républiques où ce crime était presque inconnu.

Un étranger demandait à un Spartiate quel supplice on faisait subir dans son pays à un homme et une femme convaincus d'adultère.

— On les condamne, dit le Spartiate, à fournir un taureau qui, du sommet du mont Taïgète, puisse boire dans la rivière d'Eurotas.

— Et comment, reprit l'étranger, pourrait-on trouver un taureau de cette grandeur ?

— Ce serait moins difficile, répondit le Spartiate, que de trouver à Sparte un adultère.

Le véritable supplice en notre siècle pour

les adultères, c'est l'image du *mari* qui vient incessamment se dresser entre eux, comme l'ombre de Banquo, aux festins de Macbeth...

On a dit que l'amour avait un bandeau sur les yeux..... n'en déplaise à Boucher et à Watteau, cela n'est pas toujours exact.

L'amour adultère a bien le bandeau traditionnel.....

Mais il glisse parfois de ses yeux..... sur sa bouche..... comme pour étouffer au milieu de son délire, les cris de sa conscience agitée.....

Personnellement, si j'ai manqué aux lois religieuses et sociales, à un âge où, quand on ignore le Code civil, on se souvient tout au moins du catéchisme..... j'en ai été cruellement puni, ainsi qu'on le verra à la fin de cette véridique histoire.

*
* *

Nous étions partis..... à la façon des enfants

se sauvant de l'école, à la manière des hirondelles qui changent de climat, sans se préoccuper des besoins de la vie.

Nous n'avions ni argent, ni ressources, comptant vivre, selon le ravissant programme des cœurs épris..... *d'amour et d'eau fraîche...* comme si l'eau fraîche n'était pas encore le meilleur remède employé par le corps des sapeurs-pompiers... pour combattre les flammes les plus opiniâtres.

Je travaillais alors au classement de l'*Almanach des cent mille adresses.*

Je gagnais à ce rude labeur trente-cinq sous par jour.

Et j'aurais pourtant bien voulu donner à la belle Mary-Ann toutes les splendeurs de la vie heureuse à laquelle elle avait été accoutumée.

*
* *

Un jour que je venais d'achever pour le futur Almanach Bottin, le classement des cartes représentant le respectable effectif de MM. les charcutiers de la ville de Paris, il se trouva que nous n'avions pas de quoi dîner.....

— Tiens, me dit-elle, il fait froid depuis huit jours et l'ombrelle que tu m'as donnée a un bout en or..... Va la vendre..... Quand il refera grand soleil, tu seras assez riche, pour m'en acheter une plus belle.....

Je refusai ; j'eus mentalement des velléités d'enfoncer la devanture des changeurs, pour y prendre un écu de cinq francs, avec lequel nous pouvions vivre deux jours de plus... sans rien demander à la société...

— Enfant, me dit ma compagne, gagner du

temps c'est tout gagner... Si je savais parler
assez bon français, j'irais vendre l'ombrelle
moi-même... Va vite... et reviens bientôt...
Nous prendrons du thé ce soir dans la tasse
chinoise que tu m'as achetée et dans laquelle
nous buvons si commodément tous les deux...
en même temps...

Je ne calculai pas plus que je faisais mal en
vendant un objet donné, que je n'avais calculé
que j'agissais criminellement en enlevant la
femme d'autrui...

Le mari avait prêché devant moi la liberté.

L'épouse avait prêché à son heure la licence.

J'avais écouté ces propos séducteurs alors
qu'ils s'étaient produits.

Et je m'en fus vendre l'ombrelle...

* *

Hélas si j'avais eu au moins le parasol au-

guste de l'empereur du Maroc, qui est un insigne d'autorité, ou même le parasol que portait la Bacchante, dans les fêtes romaines con-
sacrées au dieu du vin... j'aurais facilement
trouvé un acheteur... dans un marchand de
curiosités.

Personne ne voulut faire affaire avec moi...
On ne se servait pas pour m'éconduire de
l'opinion exprimée par le sage Montaigne,
quand il dit dans ses *Essais* :

« Nulle saison m'est ennemie que le chaud
aspre d'un soleil poignant ; car les *ombrelles*
de quoi l'Italie se sert, chargent plus le bras
qu'ils ne déchargent la tête. »

On me répondait tout uniment :

— Nous achèterions bien cette ombrelle si
elle était d'une tout autre couleur... mais elle
est rouge, on ne la revendrait dans Paris à
personne...

Si l'ombrelle eût été verte, ma pauvre Mary-

3

Ann, nous serions peut-être encore ensemble aujourd'hui, car je serais revenu à temps pour boire avec toi la tasse de thé promise.

. . . .

. . . .

Je rentrai fort tard, exténué, désespéré, sans argent !!!...

En entrant je vis un spectacle curieux, triste, émouvant, imprévu... Mary-Ann était assise dans un fauteuil, pâle et haletante.

Et son mari en pleurs restait prosterné à ses genoux !...

*
* *

Ce n'était point un niais, un pusillanime, un lâche que cet homme, c'était un grand cœur !...

— Frère, me dit-il, je ne veux renier aucun

des principes auxquels s'est soumise ma raison,
je demeure l'apôtre de la liberté de tous... tu
as été aimé !... Ton absolution est dans ce fait
que tu n'as pas dépendu de ta *seule* volonté...
Mais tu es jeune, fort, audacieux, le Seigneur
te garde de longs jours, et elles sont nom-
breuses assurément les bonnes créatures qui
t'aimeront plus pour tes défauts que pour tes
qualités... Je ne viens pas ici comme un mari,
un maître, un tyran ; je viens, au nom de cette
liberté que j'honore, demander à te soumettre
à une décisive épreuve... Pourquoi exposes-tu
cette frêle créature à la misère ?... La misère
est pour le jeune homme la fée des inspira-
tions, le jeûne imposé avant toutes les commu-
nions de l'esprit... La misère pour une jeune
femme c'est le ver qui tue la plante délicate...
Qui te dit que Mary-Ann ne se repent pas...

— Elle ! répondis-je avec exaltation, c'est
impossible !

— Eh bien ! laissons-lui la liberté d'exprimer son opinion, que chacun de nous plaide
sa cause devant elle, l'unique arbitre de nos
destinées... Commence le premier.

— Mary-Ann, dis-je plein d'orgueil, vous
resterez avec moi, n'est-il pas vrai, car *vous
m'aimez !...*

J'avais la fièvre dans le regard, mais mes
yeux étaient secs comme les sables d'Égypte.

Le mari se jeta à terre en pleurant comme
un enfant.

— Reviens, dit-il, pauvre brebis égarée, que
je n'ai pu protéger contre tes propres faiblesses ; reviens, toi qui es la seule fleur de ma
vie, le seul amour de mon âme ; reviens, mon
bel enfant prodigue, et l'on tuera le veau gras
à ton retour... et je resterai à tes pieds si souvent pour te faire prendre ma vieillesse en
pitié, que chacun verra que c'est moi, non pas
toi, qu'il convient de blâmer...

— Mary-Ann, repris-je avec autorité, vous resterez... car *vous m'aimez!...*

— Mary-Ann, dit l'époux d'une voix suppliante, vous viendrez à moi... car *je vous aime!*

L'Anglaise me tendit la main. Je crus qu'elle optait une fois encore en ma faveur.

— Ami, me dit-elle, tu es bien jeune, et une femme est à ton âge un lourd fardeau qui arrêterait ta marche dans le sentier de la vie... Voici un pauvre homme qui m'aime, malgré mes torts envers lui, et qui s'accuse de mes erreurs... Sois fort, sois viril, reviens à la voix de l'honneur et du devoir, et laisse-moi me séparer de toi!...

Elle prit le bras de son mari... elle ouvrit avec lui... la porte de notre humble chambre.

. . . .

Ils avaient tous deux disparu depuis longtemps que j'étais encore abasourdi, absorbé, étourdi, immobile, tenant machinalement en main un objet... c'était l'*ombrelle rouge*... que je n'avais pas pu vendre.

*
* *

Le lendemain matin, le mari entra... Il était seul, calme, froid... ni obséquieux, ni irrité.

— Je viens, me dit-il, vous demander une preuve de loyauté.

— Que voulez-vous, lui dis-je, *vous l'avez*... que vous reste-t-il à désirer?... Voulez-vous ma vie? Elle est désormais sans objet... Voulez-vous mon sang? J'en eusse donné la dernière goutte pour elle.

— Je vous demande, répliqua-t-il, votre parole d'honneur de ne jamais chercher à la revoir...

— Est-ce qu'elle m'aime encore? demandai-je avec une joie d'enfant...

— Elle vous a quitté, répondit le mari.

— Vous avez raison, répliquai-je en sentant
renaître les douleurs de ma vanité offensée...
aussi je vous jure, sur le Dieu que nous ado-
rons tous les deux, de ne jamais revoir Mary-
Ann en ce monde...

Le vieillard me serra la main... porta son
mouchoir à ses yeux... et s'éloigna mélanco-
liquement.

*
* *

J'ai tenu ma promesse, mais mes douleurs,
mes angoisses, mes folles jalousies ont dû
expier ma faute...

Mary-Ann demeurait dans un coin de la rue
de l'Université.

Tous les soirs à minuit, pendant un an, je m'arrêtais devant sa fenêtre, couvert par les ténèbres de la nuit...

Je voyais à travers les rideaux son ombre s'agiter au milieu des lumières.

Je lui envoyais mentalement des baisers... je lui disais tout doucement... *Bonsoir, mon adorée!*

Et je m'en retournais, qu'il fît vent, tonnerre, pluie ou neige, à l'heure où les rues, à cette époque, étaient peu sûres et les voleurs peu respectueux...

La seconde année, alors que je commençais à me mêler aux bruits du journalisme contemporain, je n'allai qu'une fois par semaine pour voir mon ombre adorée...

La troisième année, pour soulager ma pauvre âme, j'y allai une fois par mois...

Quand je fus en famille, j'y allai une fois, le jour de la fête de Mary-Ann, comme on va visiter un tombeau le jour anniversaire du décès d'une amie...

L'ombre passait toujours à travers les flots de lumière répandus par les lampes ou les bougies de l'appartement, grande, élancée, joyeuse...

Il y a trois ans, j'y allais encore, quand quelque souci poignant, quelque peine secrète venait m'assaillir.

Je m'appuyais toujours contre la boutique d'un épicier qui fermait ses contrevents à l'heure nocturne à laquelle j'arrivais... Ce jour-là l'épicier me parla pour la première fois.

— Que regardez-vous donc là, monsieur, me dit-il, depuis si longtemps? Vous veniez tous les soirs, en 1857, à l'époque où j'ai acheté ce fonds...

— Ma foi, monsieur, je regarde passer une ombre.

3.

— Quelle ombre?

— Celle de Mary-Ann.

— Ah bien! me dit-il, vous avez de la conscience : il y a quinze ans que cette dame est partie pour l'Angleterre... et l'appartement est loué en garni... De quinze jours en quinze jours ce n'est plus le même locataire... L'*Ombre* change souvent de corps... deux ou trois fois par mois...

Le lendemain, veuf de mon idéal, je me mis à la recherche de l'hôtel meublé où j'avais vécu avec Mary-Ann, et que je n'avais pas eu la force de visiter depuis.

L'enseigne est demeurée la même; la petite chambre n'a de changé que son papier...

Et sur la cheminée de la loueuse j'ai re-

connu la tasse à thé où notre amour faisait *la
dinette...*

— A propos! me dit l'hôtesse, nous avons
ici quelque chose à vous.

— Eh quoi! un souvenir de mes vingt ans,
une relique de ma jeunesse... un bijou de
Mary-Ann.

Elle alla au grenier et me rapporta une gue-
nille rongée par les rats...

Par intervalles, au milieu des trous, on
distinguait sur ce qui avait été de la moire
noire... quelques myosotis en soie de couleur...

Souviens-toi, semblait dire la fleur, et je me
souvenais...

Voilà la chambre carrelée, voilà la fenêtre
lambrissée, voilà la robe dont elle me fit un
costume... voilà la jeunesse... voilà le soleil...
voilà le premier amour!!!...

Je voulus mettre cette robe d'autrefois, qui

croisait jadis si facilement sur mon torse maigre...

Elle s'arrêta au milieu de la poitrine!... J'étais devenu gras... Gras aujourd'hui... comme je serai vieux demain...

— Elle aura rétréci, fit l'hôtesse avec un sardonique sourire.

— Hélas! répondis-je, en jetant à terre le vieux drapeau des amours passées... c'est le cœur qui se rétrécit chez l'homme ayant vécu... Mais, quelque endurci qu'il soit... il y reste encore une petite place... pour le regain de l'âme... qui s'appelle le souvenir.

LA PELLE EN BOIS

En fouillant ce matin dans les souvenirs que contient la caisse dont, lecteur, je vous ai déjà parlé, j'ai retrouvé un singulier objet.

Une petite pelle en bois.

L'histoire de cette pelle est bien la narration la plus simple, la plus dénuée d'incidents que l'on puisse rêver.

Et, chose étrange, elle est demeurée vingt ans dans ma pensée et n'a eu de fin passable que lorsque je la racontai, il y a un an, en public.

Balzac affirmait que les choses de ce monde

n'avaient pas de dénoûment, et que l'humanité ne devait pas finir carrément... comme
un drame en cinq actes.

Qu'eût-il dit de cette histoire d'aujourd'hui,
dont mon public même m'a fourni la véritable
terminaison ?

*
* *

Je n'ai pas eu, comme Casanova, le loisir de
courtiser la brune et la blonde en faisant du
magnétisme avec les vieilles et du jansénisme
avec les jeunes...

Il m'a fallu prendre un état.

Et quand je rencontrai la brune Colombe
dont je vais parler... j'étais fusilier de la
3ᵉ compagnie du 2ᵉ bataillon du 1ᵉʳ régiment
d'infanterie de ligne.

Je n'avais pas pour ressources, comme l'a-
venturier vénitien, le pharaon et le brelan,

dans lesquels il semble avoir été à la fois heureux et habile.

Le gouvernement, dans sa libéralité, m'oc-
troyait un sou par jour...

Quand j'avais payé la cire pour ma giberne,
le tripoli pour faire luire mes boutons, le fil
et les aiguilles pour raccommoder les hardes,
les passe-poils de linge blanc pour border mon
col-cravate, les petits clous pour mes souliers
et le tabac pour ma pipe... il m'était loisible
de consacrer le restant à mes menus plaisirs,
sans craindre que les Léon Say et les Rou-
vier de ce temps ne vinssent demander à la
Chambre, sous forme de critique du gouvernement... une diminution de mon budget...

*
* *

O temps riants et évanouis des pures

amours! où êtes-vous allés? J'avais alors une
veste bleue, la veste du Jean-Jean, dessinée
par Charlet, un pantalon garance et des guê-
tres blanches... Sur la tête un grand shako,
imité pour la forme des coiffures polonaises,
et dans la main une petite baguette qui rem-
plaçait dans les compagnies du centre le sabre
réservé aux compagnies d'élite...

C'est dans cet accoutrement que j'accostai
la brune Colombe... et que j'eus le secret de
me faire aimer d'elle.

Je ne possédais pour tout bien que le fragment de chèvrefeuille que j'avais volé au mur
du logement de l'adjudant, à la caserne, et que
j'offris à Colombe, après en avoir tenu pendant un moment l'extrémité entre mes dents...

J'étais un sot, un niais, un inexpérimenté,
un conscrit, un Jean-Jean en amour.

Mais que c'est beau d'être Jean-Jean, le cœur
plein et la poche vide...

Et comme on est donc bien aimé pour soi-même.

*
* *

Si vous vous imaginez, ma romanesque lectrice, que Colombe la brune était une dame d'honneur de la reine Marie-Amélie ou même quelque belle fille ayant perdu son chemin, comme le petit Poucet dans la forêt, et demandant des diamants et des rubis pour les semer en guise de pierres, afin de le mieux retrouver... vous vous trompez étrangement.

Colombe avait des cheveux qui eussent fait pâlir la nuance de l'encre inventée par le frère de madame Arnould-Plessy.

Elle n'aurait jamais compris que, parce que Raphaël a aimé une rousse et l'a mise à la mode, on doive se faire teindre les cheveux exactement de la même couleur qu'était la barbe de Judas.

Elle ne mettait pas de points et virgules sur ses joues, par la raison que les pêches de Montreuil, dont elle possédait le velouté, n'en ont pas...

Elle eût peut-être compris que M. Haussmann devait élargir les rues de Paris, mais elle n'eût pas songé qu'une fille de son âge, qui avait des yeux aussi grands qu'une étoile de première classe... dût les agrandir... avec de l'ocre ou de l'enduit chinois.

Ma Colombe exerçait une profession prosaïque, mais charmante.

Elle était *bonne*... non pas cuisinière, devenue sensible à force d'éplucher des oignons; non pas femme de chambre, vouée aux caprices d'une maîtresse difficile à vivre et à habiller.

Arrivée de la Lorraine à Paris depuis trois

mois, elle avait dit comme le Christ : Laissez
venir à moi les petits enfants...

Et on lui avait donné un petit garçon à pro-
mener...

Quand je la rencontrai autour d'une pièce
d'eau, aux Tuileries, elle avait la garde d'un
diable de quatre ans qui se nommait César.

Jamais il n'y eut de démon semblable...
Grand comme un amour sculpté par Clésin-
ger, remuant comme une anguille qui mani-
feste son éloignement pour la sauce matelotte,
pleurard, curieux, indiscret, le petit César
était insupportable.

Il dépassait en tyrannie son illustre homo-
nyme, au point de faire croire qu'à côté de
son despotisme enfantin... le régime du domi-

nateur était *cette meilleure des républiques* promise par le général Lafayette.

Il fallait le faire boire dix fois par heure, le
moucher dix fois par minute.

Il eût lassé la patience d'un Frère de l'école
chrétienne.

*
* *

Pour pouvoir parler à sa bonne, je m'étais
réduit aux plus humbles fonctions.

De soldat d'infanterie, je m'étais fait pion-
nier.

M. César emportait avec lui son service de
campagne quand il allait avec sa bonne Colombe jouer aux Tuileries.

On y distinguait un hochet en ivoire, garni
de clochettes d'argent ; un polichinelle qui devait posséder des droits à entrer aux Invalides,

car il avait perdu depuis longtemps bras et jambes ; une balle élastique... et enfin une petite pelle en bois qui était assurément le joujou favori.

Avec cette pelle il s'amusait à faire des trous dans les allées des Tuileries... tant il est vrai que l'enfance côtoie, sans le savoir, les idées les plus tristes de l'humanité.

Les Trappistes crurent donner un grand exemple de philosophie et d'abnégation en creusant leur fosse...

Les fils de la Trappe n'ont jamais dit, et on n'a qu'à consulter à cet égard le manuel rédigé par M. de Rancé : *Frère, il faut mourir !*...

Mais ils préparent assurément un trou dans l'argile qui les doit un jour recevoir.

Or, le petit César, avec sa pelle en bois, creusait aussi sa fosse... Mais il eût plutôt dit : Frère, il faut vivre !... tant il mettait, dans son labeur, d'activité convulsive et fébrile.

A chaque coup de cette pelle mignonne, on
voyait fuir à travers la terre dérangée les mille
insectes roses, bleus, verts ou noirs, qu'il venait gêner dans leur vie privée...

Il dérangeait ainsi, dans le monde des infi-
niment petits... les amitiés cachées, les amours
souterraines...

Et il dérangeait en même temps les nôtres...
par ses exigences de chaque seconde...

Si on le contrariait, il pleurait à n'en plus
finir.

Ferdinand II admirait un jour un enfant
que Bérétin avait peint pleurant. Bérétin ne fit
qu'ajouter un coup de pinceau, et l'enfant pa-
rut rire. Puis, d'une autre touche, il le remit
dans son premier état.

— Prince, disait le peintre, vous voyez avec
quelle facilité les enfants rient et pleurent.

Je vous assure que le célèbre artiste n'aurait pas pu, même avec mille coups de pin-

ceau, faire rire César quand il s'était mis une fois à braire.

*
* *

Pour arriver à maintenir l'enfant dans un état de tranquillité désirable, il me fallut prendre part à ses travaux de terrassement.

Je maniais à sa place la petite pelle et je creusais la terre, tandis qu'il faisait la chasse aux chenilles et aux fourmis qu'il dérangeait dans leurs souterrains approvisionnements.

On a parlé de certains amoureux et héroïques Romains qui consentaient à la mort à la condition d'être aimés un seul jour... par les reines de leur temps.

Je ne soupirais pas pour une Majesté... Je n'avais affaire qu'à une simple et brune bonne d'enfants...

Et cependant pour la voir... pour lui parler... pour lui dire : *Colombe, je t'aime!* je m'étais condamné, sous la férule du petit César, aux travaux forcés... à temps...

⁂

On s'est quelquefois demandé pourquoi les bonnes et les militaires s'attachent si facilement par les liens les plus tendres et les liens les plus sentimentals...

Ce n'est pas parce que Cupidon est un bambin ; la langoureuse Psyché, si elle était appelée en témoignage, serait obligée de convenir que c'est un enfant précoce.

Ce n'est pas parce que Cupidon porte un arc et des flèches, ni plus ni moins qu'un garde Louis XI, qu'il est subsidiairement militaire et galant.

C'est parce que tous deux, la bonne et le soldat, sont *en service*, soumis à une discipline, à une obéissance réglée par les habitudes sociales ou guerrières.

Colombe avait alors pour moi une séduction toute particulière... celle du tablier.

Ce n'est pas pour rien que les grandes coquettes ont demandé quelque chose pour donner un maintien à leurs bras et pour occuper leurs blanches mains.

C'est une célèbre actrice de l'ancien théâtre Français qui innova l'éventail de Célimène.

C'est, plus tard, mademoiselle Mars qui tira un si grand parti du mouchoir brodé pour cette adorable pantomime des doigts où chaque bague est une date, chaque mouvement une télégraphie de l'esprit ou du cœur...

Mais quand on n'est pas grande dame, le tablier est une ressource suprême.

Et puis, le tablier avait des poches, les

4

docks des sentiments, les magasins généraux des lettres d'amour... Elles rendaient, quand on les frôlait... comme un murmure de billets doux.

Il est vrai qu'elles contenaient une véritable défense... une paire de ciseaux qui eussent pu devenir l'arme de Lucrèce dans les mains de la jeune servante...

Mais, soit par économie, soit par insouciance... elle ne les faisait jamais repasser...

*
* *

Une après-midi, je ne l'oublierai jamais... le petit César abandonna le trou que nous avions creusé au pied d'un arbre, tandis que sa bonne tricotait sur un banc.

Il m'avait laissé sa pelle en bois à la main...

Il était allé rejoindre des enfants qui fai-

saient naviguer des vaisseaux en papier sur la
pièce d'eau...

Et nous avions enfin, Colombe et moi, un
quart d'heure de répit...

⁂

On était en plein printemps, les moineaux
se faisaient des déclarations dans les branches,
les papillons blancs se poursuivaient dans l'air
comme pour prouver qu'ils peuvent parfaitement se passer de la rose que leur font épouser les poëtes depuis l'origine du premier
hémistiche... un vent tiède et imprégné du
parfum des acacias voisins nous invitait à la
fois à la confiance, à l'extase...

Je jurai à Colombe une adoration perpé-
tuelle.

Et elle était si émue, si tremblante, si heureuse peut-être... qu'elle brouilla tout son tricot en mettant les aiguilles qu'elle tenait en désaccord complet.

Tout à coup, des cris se firent entendre... On distinguait parmi les vociférations, ces mots exclamés de toutes parts :

— Il est trop tard... Il n'y a plus de ressources !... Le petit est mort !... A qui appartient l'enfant ?...

Colombe sembla sortir d'un rêve...

— César ! s'écria-t-elle avec un accent d'inexprimable angoisse, César ! où es-tu, César !..

Personne ne répondit ; mais une foule compacte entourait la pièce d'eau.

— Votre enfant, ma fille, dit une vieille dame, qui regardait la jeunesse de Colombe avec plus d'envie que de pitié et de mépris, votre enfant... ma belle... il n'est pas loin... *il est là-bas... il est noyé !...*

* *
*

Mon régiment quittait le lendemain Paris pour Clermont-Ferrand.

J'avais été consigné au quartier pour avoir manqué à la corvée.

Il me fut impossible de sortir, et j'avais emporté la pelle du petit!!!

J'écrivis à Colombe... elle ne me répondit jamais.

Quand je revins à Paris, quelques années après, on me dit que les maîtres de Colombe étaient partis pour l'Amérique et que la bonne d'enfants s'en était retournée dans son pays...

Il ne m'est resté de cette histoire que mes remords... et cette pelle en bois qui me rappelle le souvenir de l'enfant dont j'ai, par les distractions données à sa gentille bonne... occasionné le trépas...

. . . .

4.

J'ai dit au commencement de mon récit que
je l'avais déjà fait, non dans un journal, mais
en public.

Je l'ai narré à quelques camarades réunis,
l'an dernier, à l'heure de l'absinthe, au *Cafe
de Suède.*

En arrivant à sa fin, je sentis des larmes
dans mes yeux...

Je voyais encore ce pauvre petit garçon
de quatre ans, blond, rose, éveillé, tapageur,
submergé par ma faute... noyé en raison de
mes dangereuses assiduités...

Pendant bien des années j'avais eu sous les
yeux le petit cadavre immobile de l'innocent
dont j'avais partagé les jeux..., et satisfait ser-
vilement les juvéniles fantaisies...

Mes camarades les comédiens du *Café de
Suède* qui m'écoutaient, plaisantèrent ma sensibilité...

On n'est pas très-prompt à s'émouvoir

quand on fait sangloter, par état, toute une population avec un drame bien charpenté où un roman bien conduit...

Mais il y avait au milieu d'eux un grand jeune homme qui avait prêté l'oreille à ma narration avec une attention plus que polie.

C'était un employé du ministère de l'agriculture, comptable excellent en même temps qu'agronome distingué, élève de MM. Payen et Richard (du Cantal).

— Ne pleurez pas, me dit-il, en me tendant la main.

— Pourquoi?

— Parce que je sais pertinemment que le petit César n'est pas noyé... il a bu un coup... on l'a cru mort parce qu'il ne bougeait plus... mais le lendemain il était plus tapageur que d'ordinaire... Tant qu'à la bonne, on l'a mise à la porte, cela va sans dire...

— Et qu'est-il devenu, ce petit César qui m'a séparé de celle que j'aimais?

— Il a un peu grandi depuis que vous faisiez ensemble des trous à la terre dans les jardins publics... Vous le reconnaîtriez difficilement... car c'est moi, votre dévoué serviteur.

Par un mouvement instinctif, je me jetai dans les bras de l'enfant... devenu homme.

— A propos, me dit-il, je suis aujourd'hui membre de la Société d'agriculture, secrétaire du Comice agricole et même cultivateur médaillé... Je suis toujours un piocheur de terre...

— Eh bien! fis-je, intrigué.

— Eh bien! dit-il gaiement... vous me rendrez *ma pelle!*...

SOIS EMPEREUR !!!

J'ai trouvé dans mon coffret mystérieux un dahlia rouge... fané.

Les fleurs ont été de tout temps le symbole des amours.

L'amitié en a fait aussi les gages du souvenir, et ce sont des fleurs que l'on offre, au jour de leur fête, aux personnes qui vous sont chères.

Dieu a répandu à profusion ces resplendissantes parures de la nature vermeille.

Au sein de l'Éden, nos premiers parents respiraient, dans un printemps éternel, les senteurs suaves des fleurs délicieuses et multicolores, éternelles comme le printemps qui les faisait éclore, comme la nature qu'elles embaumaient.

Après leur faute, quand la coquette mère du genre humain eut mordu dans ce fruit... que nos savants n'ont pu encore parfaitement désigner... Dieu se fâcha.

Certainement Dieu avait raison de se fâcher — quoique se mettre en colère soit généralement considéré comme un péché, et que c'était bien mal prêcher d'exemple pour un Dieu sévère que de s'abandonner ainsi à sa mauvaise humeur... et montrer, à propos d'une pomme — de reinette ou d'api, — un mauvais caractère.

Dieu se fâcha donc, il chassa l'homme et la femme du Paradis terrestre.

Il maudit le serpent qui se cachait sous les fleurs... et les fleurs eurent leur part de cette malédiction; et elles se flétrirent dans l'espace d'une aurore à un crépuscule.

La nature y perdit l'éclat continuel de sa
parure étincelante ; elle eut à attendre les sai-
sons pour voir s'épanouir chacune des espèces
que la plus ou moins grande chaleur du soleil
faisait éclore.

Seules les marchandes de fleurs trouvèrent
leur avantage à cette détermination du Tout-
Puissant. Si les fleurs ne se fanaient pas, le
joli commerce de bouquetière ne serait plus
en bonne odeur.

*
* *

Elle était bouquetière.

Ce n'était pas la bouquetière mise à la mode
par les fantaisies d'un club princier.

Ce n'était pas la marchande de fleurs ayant
étalage sur un des marchés de la capitale. —
A cette époque, le marché du quai aux Fleurs,

devant la Cité, était seul en grande réputation.

Elle n'avait sa place ni devant la Madeleine ni aux Innocents.

Ce n'était pas davantage une de ces pauvres filles portant sur un éventaire la moisson de quelque horticulteur, et offrant au passant la fleur des champs que l'on a plaisir à mettre à sa boutonnière.

Les fleurs à la boutonnière ont eu leurs jours de vogue; aujourd'hui les gandins, qu'on appelle des *petits gras* ou des *soufflés*, ont renoncé à l'immense camélia s'étalant au premier bouton de l'habit.

A l'époque de ce récit, le chef du pouvoir portait de longues moustaches; la mode était aux longues moustaches.

Tout Paris jouait au sergent de ville ou au sous-officier.

L'air martial que se donnaient ainsi les vi-

sages des plus placides de nos concitoyens eût
fait croire à l'étranger que nous étions un
peuple d'ogres et de mangeurs d'enfants.

Quand on est aussi moustachu, on ne peut
décemment pas être un bourgeois vulgaire.

On doit avoir accompli quelque haut fait
glorieux, et naturellement on en porte la ré-
compense.

Ce qui revient à dire que la moustache des
capitans devenant à la mode, la boutonnière
des héros... de boulevard — se pavoisa des
distinctions les plus... hyperboliques.

La saison des fleurs donnait à cette manie
un appoint précieux.

Tel qui recule devant un ruban authentique
glisse, à sa boutonnière, un bouton de rose
écarlate, qui, à deux pas, ressemble — bien
étrangement — au signe de l'honneur.

Après tout, cela ne fait tort à personne, et
c'est un débit tout trouvé pour ces petites

5

marchandes de fleurs, qui ont la spécialité des
boutons de roses et des petits bouquets de
violettes dont le prix est aussi invariable que
modeste : dix centimes.

*
* *

L'héroïne de ce récit était donc bouquetière,
et pourtant des explications qui précèdent, il
semblerait résulter qu'elle ne vendait pas de
fleurs;

Ni au cercle, ni sur le marché, ni aux pro-
meneurs distraits.

La mignonne était en effet employée chez
une marchande de fleurs.

Elle avait un goût exquis pour la composi-
tion de ces bouquets que la galanterie envoie
en avant-coureurs aux divas... et aux satel-
lites de nos théâtres de genre.

Le langage de Flore semblait être la grammaire la plus familière à la charmante fille.

Elle disait avec le poëte :

> Au sein d'une fleur tour à tour
> Une douce image est placée.
> Dans un myrte on croit voir l'amour,
> Un souvenir dans la pensée,
> La douce paix dans l'olivier,
> L'espoir dans l'iris demi-close,
> La victoire dans un laurier,
> Une femme dans une rose.

Elle avait dix-huit ans à peine.

Elle n'était pas blonde, et cependant ses cheveux avaient des éclats fauves comme la chevelure dorée de la mère de l'Amour.

Elle n'avait pas les cheveux de cette teinte criarde, à la mode il y a quelques années, alors que Silly popularisait la poésie bancroche et la mélodie populacière de la *Vénus aux Carottes*.

Gavroche eût d'un trait fait deviner la couleur des cheveux de ma jolie bouquetière.

— Elle n'est pas tout à fait brûlée, eût-il dit,
mais il était temps qu'on la retirât du feu : elle
est roussie.

Ma belle était rousse, rousse avec des fils
d'or courant dans ses tresses épaisses et soyeu-
ses, comme les jours de gai soleil et d'amoureuse folie viennent troubler joyeusement la
monotonie de la vie ;

Et agrémenter d'un dessin fantaisiste la
trame sombre des années.

Elle avait le teint de cette blancheur écla-
tante des vierges de Raphaël.

Le lait antéphélique et les pâtes célèbres
conservant la peau et enlevant les taches de
rousseur, étaient chose inconnue à l'épiderme
de la jolie créature.

Chose singulière et qui donnait à sa physionomie un charme étrange, elle avait les cils,
les sourcils et les yeux noirs ;

De ce noir brillant, vif, plein d'éclat, qui a des reflets fulgurants comme la pierre précieuse que l'on fait chatoyer dans l'ombre.

Sa petite bouche était fine et moqueuse, la lèvre inférieure revenait un peu en avant comme pour mieux recevoir le baiser, qu'elle appelait.

* *

Les fleurs viennent avec le soleil.

Il faisait chaud, et l'adorable bouquetière avait un corsage transparent, couvrant d'un tissu léger des épaules et des bras d'une pureté de ligne irréprochable.

Je ne sais rien de coquettement provoquant comme ces gazes légères qui excitent le regard et donnent aux trésors qu'elles protègent un semblant de mystère ajoutant encoré à la fièvre que le regard a fait naître.

C'est ce corsage qui nous a perdus.

* *

J'étais entré pour commander un bouquet
d'un louis, que je voulais faire porter à la jeune
femme d'un mien ami qui venait de lui donner très-heureusement une jolie petite héri-
tière.

— Bien, monsieur, me dit la jeune marchande, quand je lui eus expliqué mon désir,
je sais ce qu'il vous faut... un bouquet d'amitié. — Les fleurs prêtent leur langage à tous
les sentiments.

Le corsage venait à ce moment de produire
sur mon imagination l'effet de la pile élec-
trique sur un membre malade.

Je voulus exprimer l'admiration que je res-

sentais, et ce satané corsage me troublant l'esprit, il ne me vint à la pensée qu'un mauvais
quatrain emprunté à je ne sais quel improvi-
sateur de quatrième ordre :

> Le soleil veut, en même temps,
> Corsage ouvert et fleur éclose,
> Si bien que partout, au printemps,
> On doit voir des boutons de rose.

Elle rougit à ce compliment rimé.

La rougeur au front d'une femme est un
certificat de sensibilité, de naïveté ou d'inno-
cence.

Sa main s'empara vivement des fleurs,
éparses devant elle, pour composer le bouquet que j'avais commandé.

Sa main était effilée, ni trop potelée, ni trop
sèche, avec une petite fossette à la naissance
du petit doigt.

Avec une dextérité pleine de grâce, elle mê-

lait la violette double à la pervenche de Mada-
gascar, la tulipe avec la marguerite.

— Toutes fleurs, me dit-elle, emblèmes de
l'amitié constante et respectueuse.

— La violette — dont la modestie est tradi-
tionnelle — ajouta-t-elle en prenant une nouvelle tige de cette fleur odorante.

— Oh ! modestie exagérée, répliquai-je pour
étaler devant elle mon savoir en la science de
Flore ; la violette est une réputation surfaite,
elle ne se cache — imparfaitement d'abord —
que pour mieux se trahir par son parfum. —
Ces modesties sont bien dangereuses — et mon
regard, poursuivant le dilemme, désignait,
avec une éloquence qui troubla mon interlo-
cutrice, un trésor qui, comme la violette, fei-
gnait de se cacher pour mieux attirer le regard.

Elle rougit de nouveau et prit une autre fleur.

— La marguerite, fit-elle, en me montrant

la fleur, ornement des parterres, — c'est une
fleur sans odeur.

— Elle est simple, sans apprêts... et ne doit
pas sa beauté aux robes à fanfreluches et aux
chapeaux à plumes, répondis-je. Ces fleurs-là,
mademoiselle, ne sont pas les moins belles...
et les moins aimées.

La tulipe avait remplacé la pervenche dans
les mains de la mignonne.

— Une des fleurs les plus délicates que nous
ayons, dit-elle pour se donner une contenance.

Je voulus faire preuve d'érudition.

— C'est une fleur, dis-je, naturalisée en
1559 ou 1560; — elle est originaire d'Asie; —
les espèces s'en sont multipliées, c'est une des
fleurs privilégiées de la nature. — Et, quoique
je sois fort ignorant de la langue des fleurs,
étude dans laquelle vous paraissez avoir con-
quis tous les grades, jusqu'au doctorat inclu-

5.

sivement, je sais pourtant, moi pauvre ba-
chelier, que la tulipe, symbole d'une passion amoureuse, signifie encore : *amitié constante.*

— C'est vrai, répondit-elle en souriant ; vous
êtes journaliste?

— En effet... qui vous l'a dit?

— Votre tenue.

— Bah ! est-ce que, comme les fleurs, nous
aurions un arome particulier ou une forme
capable de trahir notre profession?

— Je ne dis pas cela ; mais quant à vous, il
y a dans votre personne quelque chose qui
trahit le journaliste.

— Quoi donc?

— La curiosité... et l'indiscrétion.

— Comment cela?

— Il y a pour vous, partout, un sujet à ar-
ticle... vous causez fleurs avec moi... et vous
discuterez bijoux avec mon voisin ;... vous

poussez même l'amour du métier jusqu'à es-
sayer sur une pauvre fille les pointes de votre
prochain feuilleton.

— Quoi! vous supposez?...

— Je ne suppose pas.

Et les mains de la jeune fille tremblaient en
ajustant les fleurs vivaces et le petit jonc qui
leur servait de tuteur.

J'essayai de la dissuader, je lui affirmai la
sincérité de mes compliments; et, poussé à
bout par la doutance qu'elle continuait à op-
poser à mes protestations, je lui fis ma confession entière.

Elle rougit plusieurs fois encore; mais je
compris à l'éclat de ses yeux que c'était bien
un peu de plaisir.

Je lui dis que je n'étais resté près d'elle pendant la confection de mon bouquet que retenu
par ses grâces charmantes.

Et tout à coup, prenant dans les fleurs jon-

chant la jardinière un joli dahlia orange, je le
lui tendis en la regardant avec l'ardeur dont
mon âme était pleine...

— Comprenez-vous? murmurai-je.

— Amour passionné, soupira-t-elle.

*
* *

Toutes les femmes ont un péché mignon
auquel elles sacrifient. Ce péché mignon est
la corde sensible qu'il faut faire vibrer.

Un vaudevilliste moderne a écrit sur ce sujet
un rondeau qui eut sa vogue... tant la femme
aime à s'entendre dire la vérité... quand celui
qui la lui dit est un homme d'esprit.

Le rondeau disait :

Au dieu d'amour il n'est rien d'impossible,
Donc il ne faut jamais désespérer;
Car chaque femme a sa corde sensible
Que tôt ou tard un amant fait vibrer.

En voyant le trouble de ma jolie bouquetière, le rondeau de la *Corde sensible* me revint
en mémoire.

Pourquoi?

Y a-t-il une affinité entre la pensée errante
et la situation absorbante?

De quelle voix notre âme est-elle l'écho
pour se prendre à fredonner un flon-flon alors
que le deuil est autour de soi; ou à soupirer
une plaintive mélodie, quand l'espérance du
bonheur nous enivre?

Réponde qui voudra; mon esprit s'était jeté
sur une piste, je suivis mon esprit et je me
posai cette question autrement difficile à ré-
soudre que les énigmes du sphinx.

— Quelle est sa corde sensible?

Le monstre envoyé par Junon pour désoler
le territoire de Thèbes, déchirait les passants
qui ne pouvaient deviner son énigme.

Œdipe, qui devait avoir fait de sérieuses

études sur ce sujet à la dernière page des journaux illustrés de son temps, expliqua un jour le rébus et le sphinx se tua.

Ce qui était assurément la preuve d'un amour-propre excessif; mais ce qui fut au moins aussi agréable aux paisibles passants de ces parages, que l'est pour un gendre d'humeur tranquille le passage de vie à trépas d'une belle-mère acariâtre.

Quoique les déchirures d'une belle-mère soient rarement, pour son infortuné gendre, aussi dangereuses que les coups de dents de ce monstre qui était, dit la fable, chien par le corps, aigle par les ailes, dragon par la queue, lion par les griffes et femme par la tête et les seins.

Ma bouquetière, qui était bien femme par la tête et... le corsage, ne me paraissait pas être un monstre par les jambes...

Elle avait au contraire deux jolis petits petons à chausser la pantoufle de Cendrillon.

L'énigme, pour en être moins effrayante, n'était pas moins hérissée de difficultés.

Où siégeait la corde sensible ?

***

Le hasard qui est Dieu, et auquel les anciens avaient raison d'élever des autels, car il préside à la plupart de nos projets, de nos affaires, de nos actions, le hasard... de la conversation m'ouvrit les yeux à la lumière.

Comme Clovis, à Tolbiac, aperçut dans le ciel une miraculeuse annonce lui promettant la victoire;

J'aperçus, dans les yeux de la belle, tout mon horizon à cette heure, un signe qui me disait : Tu vaincras !

— Vous avez donc une prévention quelconque contre les journalistes ? lui avais-je dit.

— Oh ! au contraire, avait-elle répondu in-considérément.

Ce « au contraire » banal, familier, usuel, que Calino répond au monsieur qui lui a marché sur un cor et qui s'excuse en lui disant :

— Vous ai-je fait mal ?

Ce « au contraire » presque ridicule me sembla une mélodie comme Chopin n'en improvisa jamais.

Ces deux mots prirent les proportions d'un poëme que le lyrisme de Lamartine et la touchante prosodie d'Alfred de Musset n'eussent pu créer.

Au contraire !

*
* *

L'homme est un étrange animal.

Figaro a bien dit que ce qui le distingue de

la brute, c'est qu'il boit sans soif et qu'il fait l'amour en tout temps.

Mais pas un philosophe, pas un physiologiste n'a pris la peine d'expliquer comment l'esclave suppliant aux genoux d'une inhumaine, se redresse superbe et autoritaire au premier soupir de la belle annonçant sa défaite.

Je m'étais aventuré en tirailleur, incertain de l'issue de mon audacieuse tentative et prêt à me replier vers les lignes, au premier semblant d'hostilités, et voilà que sur un indice de faiblesse chez l'ennemi, je prenais le ton du vainqueur et l'allure du conquérant.

L'ennemi était si disposé à se rendre ! pensais-je dans mon orgueil d'homme, doublé de folliculaire.

Je ne sais quel facétieux chansonnier a comparé la femme que l'on courtise à une redoute qu'il faut enlever.

Les avancées, les meurtrières, les fossés,
les mines, les contre-mines, les mouvements
tournants, les feintes par les côtés, les attaques par le revers, les escarpements d'où le
regard plonge, tout cela est amalgamé d'é-
trange et comique façon.

On voit l'effort de l'assaillant pour se mettre
à l'abri de l'artillerie ennemie, artillerie dangereuse, dont les feux croisés peuvent jeter le
désordre dans l'attaque.

L'assaut est combiné pour s'emparer des
avancées, clef de la redoute, et tandis que
maintes tentatives sont dirigées vers la ceinture...... de la place assiégée, on saisit le moment favorable, on se précipite vers la cita-
delle déjà étroitement enlacée, et on plante le
drapeau sur le mamelon le plus rapproché...,
la place est prise !

Un bulletin de chef d'armée et un plan
d'amoureux ont ainsi quelque analogie. J'ai

été soldat... j'ai appris l'art des Turenne pendant les sept années réglementaires.

Il est vrai que mes études n'ont jamais été
poussées jusqu'à l'investissement des places
fortes.

Néanmoins, la tête farcie des traits de génie
de quelques gagneurs de batailles, je ne
donnai qu'un assaut.

Et l'on amena pavillon.

On ne se rendait pas à discrétion.

Mais on demandait à parlementer.

Si ce n'était pas la victoire, c'était au moins
l'indice d'un ralentissement dans la défense.

*
* *

J'offris à ma jolie bouquetière de traiter à
table de la reddition sollicitée.

Elle accepta le déjeuner.

Ceci était une faute grave au point de vue de la défense.

C'est par un déjeuner que l'on commence.

C'est par une capitulation que l'on finit.

Mais, roué comme un Allemand, gens habiles en cette matière, je fis taire mon cœur, dont les battements eussent pu me trahir.

Et avec une joie féroce, je calculai d'avance les minutes qui s'écouleraient avant l'instant psychologique.

A table l'épanchement s'éveille, la confiance s'enhardit, l'amitié s'affirme.

Un bon repas ressemble à la liqueur de Java, arrachant à ceux qui la buvaient les secrets les plus profonds et les plus cachés; il délie la langue.

Or, les journalistes sont, par métier, un peu parents de ce jurisconsulte qui prétendait trouver dans deux lignes de l'écriture d'un homme, de quoi le faire pendre; ils savent

dans un soupir, dans une exclamation, trouver le scénario d'un fait divers ou d'une chro-
nique finissant par un mariage.

J'allais savoir certainement quel était le
péché mignon de la belle.

En prose ou en vers, je sais, me disais-je,
que pour plaire

> Il faut une longue étude :
> Le mystère et le secret
> Domptent la prude;
> A la coquette il faut le fracas indiscret ;
> La vieille aime par jalousie,
> La jeune par curiosité,
> Celle-ci par fantaisie,
> Celle-là par vanité.

Par vanité... cette chute de mon huitain fut
pour moi une nouvelle révélation.

J'eus la naïveté de le laisser deviner à ma
convive ; elle me répondit : Peut-être !

Dans mon for intérieur je lui donnais raison.

Certainement un journaliste n'est pas le
commun des mortels.

Sans doute il est des bourgeois qui frémissent à l'idée d'une alliance avec ces martyrs de la copie quotidienne.

Sans doute, on a édicté contre eux plus de lois que contre tous les criminels réunis.

Sans doute, les hommes d'État, les députés, les magistrats, qui, alors qu'ils sollicitent l'opinion publique, les électeurs, la renommée, n'ont pas assez de velours aux... gants pour caresser les barbes... de nos plumes, deviennent étonnants de mépris, de colère, de férocité, alors qu'ils se croient au-dessus de nos atteintes.

Malgré cela, cette qualité de journaliste a quelque chose de jeune, de viril, d'enthousiaste, qui remue le cœur des jeunes filles enamourées du bel inconnu dont le portrait en pied a surgi du dernier roman dévoré par elles.

* *

Pourtant ma conquête avait poursuivi :

— La présomption est le moindre défaut des journalistes.

J'essayai de protester.

Elle me ferma la bouche avec sa main mignonne, et toute parfumée des fleurs aux délicieux aromes qu'elle venait de réunir.

— Écoutez-moi, me dit-elle ; je suis vaniteuse, c'est possible, mais j'ai l'orgueil placé à des hauteurs où votre amour aura peine à l'atteindre.

Je la regardai, surpris.

— Voulez-vous vous soumettre à une épreuve.

— Parlez... je suis prêt à tous les sacrifices.

— Cela se dit...

— Voulez-vous ma vie ?

— Vous faites du mélodrame.

— Que voulez-vous ?

— Rien pour moi... il s'agit de vous... ou plutôt de celui que j'aimerai.

— Expliquez-vous.

— Vous me croirez folle.

— Non... je vous le jure.

— Eh bien !

— Eh bien ?

— Je ne veux appartenir qu'à... un empereur.

Je m'attendais à tout... mais j'avoue que ce désir ne me semblait pas être catalogué dans les caprices ordinaires de la femme.

— Empereur ! balbutiai-je, y pensez-vous !

— Ah ! vous voyez bien ? vous n'êtes plus aussi certain d'accomplir mon désir.

— Quoi, véritablement vous voulez ?

— Je ne veux rien... L'amour, m'avez-vous dit, accomplit tous les miracles ; vous m'avez parlé d'amour... je vous propose un... miracle... Que votre amour le fasse.

C'était là un dénouement que je n'avais point prévu.

Il ne manquait pas de troubler fort mon pauvre esprit, déjà en désarroi sous le regard de la mignonne.

J'en étais à un de ces moments où l'on parle... pour dire quelque chose.

— Eh bien ! lui dis-je, je serai empereur.

*
* *

Macbeth, quand les sorcières lui eurent dit : — Tu seras roi, dut avoir un moment d'étonnement mêlé de crainte.

Mais encore il pouvait songer qu'en ôtant la vie à son cousin Duncan, il avait des chances pour s'asseoir sur le trône.

6

Mais le roi... ou plutôt l'empereur n'était pas mon cousin... Un attentat contre sa vie, alors même qu'il eût réussi, ne m'eût donné aucun droit à sa succession.

Il me revint en mémoire une légende qui fit grand bruit à l'avénement du premier Napoléon.

Un jour il se présenta, rue de Tournon n° 5, chez mademoiselle Lenormand, la devineresse à la mode, trois jeunes gens.

Le premier portait l'uniforme du régiment de royal-marine, il était sergent.

Le second avait le vêtement sombre du séminariste.

Le troisième, le plus petit, portait l'uniforme de sous-lieutenant du régiment d'artillerie de La Fère.

Le premier avait vingt-cinq ans.

Le second en paraissait dix-huit.

Le troisième en avait à peine vingt.

Tous les trois entrèrent chez la pythonisse déjà célèbre.

Elle étala ses tarots, elle conjura le sort et, regardant le premier des jeunes gens avec un certain étonnement, elle lui dit comme les sorcières à Macbeth :

— Tu seras roi !

Elle prit un autre jeu, le battit longtemps, puis aligna les cartes tirées par le second visiteur.

Et se levant, avec une voix profonde, elle répéta les trois mots cabalistiques, en regardant en face le deuxième compagnon :

— Tu seras roi...

Le troisième était tout pâle, son œil profond et dur s'arrêta sur la tireuse de cartes, il repoussa les tarots et tendit sa main ouverte.

C'était un homme singulier que celui-là..., le front semblait bas, mais les bosses phrénologiques de ce front étaient remarquables.

Il avait de longs cheveux noirs tombant sur le col de son uniforme, le nez était droit, la bouche mince et les lèvres serrées.

Le séminariste avait le visage plein et réjoui de l'officier d'aventures ; lui, le soldat, il avait la tête ascétique et parcheminée des moines du désert.

La voix était brève, impérieuse, dominatrice ; le geste était saccadé, l'allure générale était réfléchie, pensive, fatale.

Celui-là dit à la sorcière :

— A mon tour !

Mademoiselle Lenormand examina longuement les lignes de cette main qu'on lui tendait.

Deux lignes partant de la restreinte, montaient par la paume de la main jusqu'au mont du soleil vers l'annulaire.

Ce mont était coupé par deux lignes transversales.

Le regard de la chiromancienne se leva sur le jeune homme pâle.

Elle tremblait.

Et pour la troisième fois ces mots qui semblaient une formule, tombèrent de ses lèvres :

— Tu seras roi !

Et comme le dernier des trois amis levait les épaules en signe de doute, elle répéta avec une animation étrange :

— Tu seras roi... et plus que roi...

**
**

Les trois jeunes gens s'éloignèrent en riant.

Ils avaient à peine ce soir-là de quoi faire un maigre dîner et peut-être eussent-ils, comme Esaü vendit à Jacob son droit d'aînesse pour un plat de lentilles, cédé pour un

6.

brouet un peu relevé, tous leurs droits à une
royauté qu'ils croyaient bien hyperbolique.

Le premier de ces jeunes gens se nommait
Bernadotte, né à Pau en 1764, entré à dix-
sept ans au régiment de royal-marine; la
République le fit général et ministre de la
guerre; l'Empire le fit maréchal et prince de
Ponte-Corvo.

Il devint prince royal de Suède, par l'élec-
tion, en 1810, et fut enfin proclamé roi en
1818, sous le nom de Charles-Jean ou Charles XIV.

Le second, le séminariste, se nommait
Joachim Murat.

Il était le fils d'un aubergiste de la Bastide,
dans le Quercy. — Né en 1771, il se destinait
à l'état ecclésiastique, lorsque la révolution le
fit soldat.

Attaché à la fortune du général Bonaparte,
il le suivit en Egypte; et épousa après Bru-

maire, auquel il avait collaboré, la sœur du premier Consul.

Il devint : maréchal-prince, grand amiral grand duc de Berg en 1806 ;

Et enfin en 1808 il montait sur le trône de Naples.

Le troisième compagnon, se nommait Bonaparte.

Son nom seul est une épopée.

Il fut le faiseur et le défaiseur des rois.

Il ceignit son front de tous les diadèmes et de tous les lauriers.

Et trente ans encore après sa mort, le prestige seul de son nom gagnait — mieux que les intrigues et les coups d'État — une couronne impériale à son neveu.

La sorcière avait dit vrai pour chacun des trois inconnus de 1789.

*
* *

Seulement ma bouquetière ne lisait pas dans l'avenir et elle ne m'avait pas dit :

— Tu seras roi.

Au contraire, elle m'avait dit :

— Sois Empereur !

Néanmoins ce souvenir légèrement fantastique me fit croire un instant à la possibilité de m'asseoir sur cette banquette qu'on appelle le trône de France.

Ou tout au moins cela m'amena à supputer les chances et les moyens de réussite que je pouvais avoir.

Le temps des révolutions était passé.

Après 1789, qui était un prélude, était venu 1793 qui était une symphonie, dans le mode terrible.

Après 1830, qui était un fabliau, était venu 1848 qui était une chansonnette.

Le coup d'État avait, disait le chef du pouvoir, fermé l'ère des révolutions.

Il eût été bien osé à moi, dans le seul but de
posséder une gentille grisette, d'ouvrir la
porte à ces saturnales, dont le peuple paye
toujours les violons.

Ne pouvant pas prévoir qu'un caprice fé-
minin m'appellerait à fonder une dynastie, je
m'étais, dès mon adolescence, accoutumé à
ne prêter aucune espèce d'attention aux évolutions de la politique... et des gens du
pouvoir.

C'est pourquoi je prenais si peu au sérieux
ces dates, illustres pour tout bon démocrate,
funestes pour tout pur aristocrate, et qui pour
moi n'étaient que les quatre partenaires d'une
grande partie de quatre coins dont la France
était le pot... ou si mieux mon lecteur le
préfère, les quatre personnages d'un quadrille
fou, épileptique, où les passions politiques,

les utopies des ambitieux et les jongleries
des habiles servaient d'orchestre et d'entraî-
nement.

Voilà qu'il me fallait considérer tout cela à
un autre point de vue.

La branche aînée, la branche cadette, les
immortels principes, l'élu du peuple — dont
je me souciais autant l'instant d'auparavant
que de mon premier biberon,—devenaient tout
à coup des rivaux, des ennemis, des obstacles.

Rivaux qu'il fallait écarter ;

Ennemis qu'il fallait combattre ;

Obstacles qu'il fallait renverser.

Je pensai d'abord à organiser un complot,
une vaste association à la façon des *Carbo-
nari* ou des *Francs-Juges.*

Mais n'ayant pas étudié préalablement la
question, je ne connaissais d'autre moyen de
réunir les mécontents que de les convoquer
par un avis à la quatrième page des journaux.

Ce moyen était simple — et à ma portée — seulement il péchait grossièrement par la base.

C'est surtout en matière de complot contre la vie d'un souverain qu'il faut éviter la grande publicité — si favorable au chloral Follet ou au chocolat Lombard.

Il fallait trouver autre chose.

* *

Il y a en moi deux hommes — c'est-à-dire deux natures parfaitement distinctes, qui se manifestent suivant les variations du thermomètre.

Je suis le fils d'un méridional qui fut un brave soldat. Et ma mère est issue d'une famille allemande, race lourde et... brave... à l'abri des canons Krupp.

Il y a des jours où les ardeurs du sang paternel me dominent et m'excitent.

Alors, comme Gusman, je ne connais pas d'obstacles. Mais viennent les heures où la nature maternelle prend le dessus, et je suis tout à coup incapable même d'une résolution virile.

Les beaux yeux de mon aimée ayant pour mon cœur les ardeurs du soleil du Midi, j'étais dans un bon jour pour mener à bonne fin une entreprise téméraire.

Cependant l'ambition du premier poste de l'État ne me troublait pas à ce point qu'elle me fît oublier le prix promis à mes efforts..... et à mon succès.

Et je réfléchis, à part moi, que non-seulement j'avais peu de chances d'arriver au souverain pouvoir, par mon faible mérite... mais encore qu'une tentative de ce genre pourrait bien me mener tout droit... à Mazas ou à

Noukaïva, et alors que deviendraient les ravissantes espérances, nées sur les lèvres roses de la sirène qui m'aurait perdu... sans compensation ?

J'étais, je l'ai dit, dans un de mes jours de grand courage, je pris le taureau par les cornes, — c'est-à-dire la question par le côté brûlant.

Sors vainqueur d'un combat dont Chimène est le prix,

dit le héros tragique. La situation du Cid est la mienne — à cette différence immense que « vainqueur » on m'emprisonne ou on me fusille.

Et alors ou pourrai-je recevoir le prix de mon combat?

Si jamais des arrhes ont été nécessaires pour valider un marché ;

Si jamais un gage a dû être donné pour garantir l'exécution d'une promesse ;

7

C'est assurément en l'occurrence où nous nous trouvions, ma gentille bouquetière et moi...

L'évidence était si indiscutable que la mignonne ne discuta pas.

... J'allai commander le déjeuner.

*
* *

Quelle aimable et joyeuse fille !

Notre repas, délicieux tête-à-tête, fut un long éclat de rire en une infinité de couplets, de baisers et de rasades.

Les truffes à la serviette, arrosées de vin du Rhin, avaient-elles, près de cette charmante enfant, une influence particulière sur mon cerveau ?

Cela se peut...

Cela doit être.

Comment expliquer autrement la pensée persistante qui m'obsédait entre ce qu'on appelle « la poire et le fromage » et qui est en réalité entre le dénouement et l'addition.

C'était la fièvre qui me brûlait le sang, C'était le délire qui s'emparait de moi.

Je voulais en finir, en finir vite.

Et fort de cette résolution, je dis à ma compagne :

— Comment vous plaît-il que la chose se passe ? en plein jour, alors que le brillant soleil évoque les idées de promenade au bois ? ou la nuit, quand de toutes parts les théâtres resplendissent et les fêtes de l'ombre commencent ?

Elle me regarda de ses beaux yeux étonnés.

Je poursuivis :

— Il y a de la coquetterie à choisir son jour, à désigner son heure, à préparer son instant.

Et comme l'étonnement de ma gentille

compagne semblait augmenter, j'entrai brutalement dans le sujet qui troublait mon
cerveau.

— Enfin ! lui dis-je, comment voulez-vous
que je le tue ?

— Le tuer ! qui cela ?

— Mais LUI ; celui qui gêne mes projets,
celui qui tient la place.

— Mais encore.....

— Avez-vous donc oublié ?..... je vous parle
de l'empereur.

— Vous voulez le tuer ?

— N'est-ce pas dans notre programme ?

Elle me regarda un instant ; il me sembla
qu'elle pâlissait.

Tout à coup elle se leva, et se jeta dans mes
bras.....

— *Tu* es fou, me dit-elle — ne pensons plus
à cela...

— Mais c'est la base de notre traité. *Sois*

Empereur, m'avez-vous dit, et je vous aimerai.

— Eh bien !

— Eh bien, je suis prêt.

Elle ne me laissa pas achever.

. . . .

— Qu'as-tu donc là ? me demanda-t-elle, en portant la main au côté gauche de mon paletot.

— Qu'importe... je t'aime !

— Je veux savoir.

— Tu es jalouse, ma belle tigresse, mais les gens de lettres ont les poches pleines de chiffons de papier... c'est de la copie... cela se paie à la ligne.

— Oh ! je sais cela, mais ce que je te demande n'a ni l'apparence ni la forme du papier. C'est dur au toucher, et cela produit, à la place de ton cœur comme une éminence.

Et elle entr'ouvrit mon habit.

Elle poussa un cri.

Elle venait d'apercevoir la crosse d'un pistolet.

— Qu'est-ce que cela ? demanda-t-elle.

— C'est pour LUI, répondis-je.

— Es-tu bête, répliqua-t-elle en repoussant l'arme loin de nous... je t'avais dit : Sois Empereur, et maintenant, ajouta-t-elle en cachant sa tête mignonne, à la place où était le pistolet, — maintenant — soupira-t-elle, comme un murmure — maintenant tu es mon roi.

Royauté fleurie, qui dura un peu plus longtemps que l'existence d'une rose, et qui ne m'apporta ni les soucis d'un lourd budget, ni ceux de la formation d'un ministère.

La mignonne avait voulu rire.

Et pour une fois, j'avais donné raison à ce proverbe qui parle de rire le dernier.

UNE BOUCLE DE CHEVEUX

Je m'étais levé hier de grand matin, pro-fitant du retour subit du soleil d'été, revenu sur ses pas comme s'il eût oublié d'ouvrir la corolle d'une fleur — ou de fixer l'image d'une jolie femme sur une plaque de photographe... quand je rencontrai deux chiffonniers sur un même tas d'ordures.

Ils se saluèrent du crochet au lieu de se quereller... comme l'eussent fait inévitable-ment deux journalistes traitant le même sujet.....

Et l'un céda courtoisement le tas à l'autre...

Le privilégié prit avec une dextérité mer-
veilleuse les os, les débris de verre, les fragments de papier, les lambeaux d'étoffe, les
bouchons de liége et les vieux clous...

Puis, saluant son confrère avec une cordia-
lité marquée, il disparut, à la recherche d'un
autre amas d'immondices.

*
* *

Le deuxième chiffonnier demeura alors
devant la montagne de détritus, dépourvue en
apparence de tous débris de valeur.

Je me demandai ce qu'il pouvait chercher
encore dans ce monceau déjà fouillé.

Il remua avec son crochet les fragments de
légumes, les écailles d'huîtres, les atomes de
poussière devenus mortier en raison de leur
réunion amoncelée par les pluies de la nuit.

Il se courba sur cette boue comme un alchimiste du temps de la reine Catherine de Médicis sur son alambic... en recherche du grand œuvre.

Puis s'agenouillant, il tira à lui des choses fort précieuses sans doute, mais très-délicates de forme, puisque mes yeux attentifs ne purent les distinguer.....

Après quoi, il les mit dans sa hotte, et alla continuer les mêmes explorations au tas de chaque coin de rue, négligeant les fragments de cristal, les os de gigot, les lambeaux de feuilles publiques, qu'on achète si cher chez les chiffonniers en gros.....

— Vous méprisez donc, lui dis-je en l'abordant, les objets que recherchent vos camarades?...

Il leva la tête, me regarda comme pour savoir s'il devait m'accorder l'honneur d'un entretien, et me répondit en reprenant des

7.

fouilles dans les débris de la vie parisienne :

— Ce n'est pas *ma spécialité.*

*
* *

Que pouvait demander cet honnête indus-
triel aux rebuts de nos loges ?

Cherchait-il le liard de Charles IX qui
manque au cabinet des médailles et dont on
offre cent mille francs ? — Espérait-il trouver
des perles dans ce fumier ? Quels étaient les
objets qu'il en retirait et qui échappaient par
leur peu de volume, à mes regards curieux?...
Je résolus de le savoir.

*
* *

Je le suivis en conséquence dans son parcours jusqu'à ce qu'il s'arrêtât à la porte d'un marchand de vins.

Il posa sa hotte contre le comptoir, la couvrit soigneusement d'une toile d'emballage et alla se placer à une table de la salle du fond.

Ne pouvant examiner le contenu de son panier, je le soulevai en passant...

Il était léger comme une bonne conscience... C'était à croire que notre homme avait ramassé exclusivement sur la voie... les fils de la Vierge dont octobre jonche notre sol, comme pour en masquer le prosaïsme...

*
* *

Je pénétrai dans le triclinium bachique ; mon philosophe matinal y était entouré d'une foule de travailleurs prêts à aller à la besogne ; ils ne buvaient pas le vin blanc, absolument pour *tuer le ver,* comme on dit dans le peuple.

Ils faisaient profession de goûts poétiques, à ce que je constatai aussitôt.

— *Le Madrigal du cheveu!* s'écriait-on de toutes parts.

Mon rôdeur ne se fit pas prier et récita d'un ton de raisonneur de la Comédie-Française un huitain que M. Lucas a ressuscité de l'antique.

> Amour ayant perdu la corde
> De son arc, ce sceptre divin,
> Allait crier miséricorde,
> Il le cherchait partout en vain.

> D'un de vos blonds cheveux qu'il noue
> Il rajuste son arc vainqueur,
> Prend un trait, l'appuie à sa joue,
> Et perce, hélas! mon pauvre cœur.

— L'autre madrigal! vociféra l'assemblée, après avoir crié bravo au morceau déclamé.

Avec le même flegme, le même afféterie littéraire, le chiffonnier lettré débita la chanson connue :

Cadet Roussel a trois cheveux,
Deux pour la face, un pour la queue ;
Et quand il va voir sa maîtresse,
Il les met tous les trois en tresse.

Or, je dois dire que ces vers eurent plus de succès encore que l'adorable huitain en l'honneur de messire Cupidon.

Je m'approchai du trouvère et lui dis :

— Vous aimez donc bien les cheveux ?

— Sans doute, me répondit-il, le cheveu c'est l'homme, le cheveu c'est la femme, le cheveu c'est l'humanité ; Samson perd avec ses cheveux sa force et sa puissance ; quand on condamne La Vallière au couvent ou un fils cadet du roi au cloître, on leur coupe les cheveux pour les rendre soumis... Que donne-t-on comme souvenir ? La boucle de cheveux chantée par Pope. Chez les Germains, quand une femme faisait un serment, elle jurait par ses deux mamelles et ses deux tresses... Le cheveu est un être vivant, magnétique, intelligent,

qui se dresse d'instinct aux moments d'horreur... Seul il défendrait l'homme contre la
peine de mort, en empêchant le tranchant de
la guillotine de couper... si on n'avait la pré-
caution de les couper lors de la *toilette du condamné*...

— Et c'est simplement par admiration que
vous chantez le cheveu?

— Non, c'est aussi par état. Je ne sais si vous
l'avez remarqué : l'humanité *mue*, mon cher
monsieur, depuis les conquêtes de l'esprit humain et la marche du progrès.

A mesure que les crânes se sont meublés au
dedans des soucis de la politique, ils se sont
dénudés à la surface. Un statisticien vous
prouverait qu'il se perd chaque jour dans les
maisons, dans les rues, dans les potages des
restaurants à trente-deux sous, 50,000,000 de
cheveux... Or, à cette époque d'économie politique, alors qu'on préconise le système qui

consiste à ne rien perdre, il s'agit de ne pas laisser s'égarer cette valeur précieuse;

— Et qui la retrouvera ?

— Moi, dit-il ; vous n'avez qu'à regarder le dedans de ma hotte : le bonhomme Carmouche ne pourrait pas y reconnaître son fil d'ébène chéri, dont il a dit : -

> Doux cheveu noir que je recueille,
> Viens, tu seras toujours gardé !...
> Comme l'on conserve une feuille
> Du bouquet qu'on a possédé !...

J'ouvris le panier et reculai surpris.

Il y avait là toutes les mèches enlevées au peigne et jetées dans l'âtre.

Je croyais que ces déserteurs bruns, blonds, châtains et roux étaient condamnés à mort en imitation du code pénal militaire, car ils sont sans excuse d'abandonner ces fronts charmants qu'il ont mission de protéger... Je me trompais.

Des chiffonniers spéciaux vont à la chasse de ces petits tampons que fait chaque femme qui se démêle, avec les cheveux qui restent sur l'écaille ou l'ivoire. C'est surtout aux renouvellements de saison qu'a lieu cette *tombée*.

M. Paul Parfait, dans un travail curieux intitulé : *les Chasseurs de chevelures*, dit ceci :

« On évalue à 14,000 kilogrammes le total des cheveux qui, grâce aux chiffonniers, passent annuellement du ruisseau sur la tête des femmes que le bon marché n'effraye pas. »

Un Français fixé à Naples, M. Raison, a imaginé de transporter dans ce pays, où les femmes restent rebelles à la *coupe*, l'industrie de nos chiffonniers.

Des lazzaroni, enrôlés par lui dans les principales villes de l'Italie méridionale, y recueillent les cheveux de tombée, dont il est en mesure de nous envoyer 8,000 kilogrammes par an.

* *
*

On raconte, à propos de *tombée* de cheveux,
la légende des amoureux d'Asnières :

Ils étaient jeunes, beaux, heureux de vivre,
et la demoiselle disait au jeune homme, dans
ses moments d'ivresse : « Peigne-moi! »

Elle avait des cheveux blonds, insolents
comme de l'or, longs comme une tragédie en
cinq actes.

Et le galant passait avec admiration, en
guise de peigne animé... ses cinq doigts dans
ce torrent de rayons du soleil.

Un jour la belle aux cheveux vermeils, qui
avait la poitrine aussi sensible que le cœur...
mourut dans un spasme nerveux.

Le jeune homme s'enfuit de cette petite
chambre, nid de colombe, qui lui rappelait de
si tristes souvenirs.

Ce ne fut qu'au bout d'un an qu'il osa aller y chercher des bijoux, des hardes qui y étaient restés...

— Monsieur, lui dit le concierge, je ne suis pas fâché que vous déménagiez ce qu'il y a là-haut... car on ouvrira la fenêtre... et on verra ce qui s'y passe.

— Que peut-il s'y passer?

— A minuit, on entend une voix... de femme... si faible... si faible... qu'il faut qu'il n'y ait pas de vent pour qu'on puisse distinguer ce qu'elle dit.

— Et que dit-elle? fit le jeune homme.

— Deux paroles seulement : « Peigne-moi! »

L'amoureux sentit, à cette révélation, un frisson lui courir par tout le corps.

Toutefois, il s'arma de courage et résolut de coucher une fois encore dans la chambre fatale...

« C'est de la folie de croire aux revenants ! » pensa-t-il.

Et il s'établit dans un fauteuil.

Là était la toilette aux draperies Pompadour, le siége où elle s'asseyait pour s'admirer et se faire charmante pour lui...

Et le peigne d'écaille blonde qui disciplinait ses tresses rebelles...

Tout à coup, quand minuit sonna, il jeta les yeux sur le miroir.

Il vit une figure pâle comme un suaire, suppliante comme une âme en peine.

Et une voix qui n'avait plus rien d'humain soupira :

— Peigne-moi ! peigne-moi !

L'amant tomba évanoui de terreur.

. . . .

Quand il revint à lui, il se trouva dans son domicile, à Paris, gardé par un ami fidèle.

Il fit une maladie de trois mois.

A son rétablissement, son dévoué camarade avait usé de toutes les ressources de la logique pour lui prouver que les morts ne reviennent pas, et qu'il avait été la proie d'une hallucination.

Son médecin affirmait de même que si les trépassés se mettaient à courir le monde, sans état civil ni passe-port, on les aurait déjà enfermés au dépôt de Saint-Denis : comme mendiants, s'ils demandaient des messes... comme vagabonds, s'ils couraient la prétentaine.

Le malade avait fini par calmer son cerveau à ces fraternelles admonestations.

Il eût guéri complétement sans un accident que la *tombée* me rappelle.

Un jour, le concierge de la maison qui était hantée vint lui réclamer le terme... qui était échu.

— Eh bien ! mon ami, lui dit l'alité, as-tu vu le fantôme ?

— Ah ! pour ça... ma foi non, monsieur.

— Tu n'as jamais rien trouvé, ni un lam-
beau de suaire,... ni un brin de terre du
cimetière... ni un éclat de bois de cercueil ?

— Pardine ! jamais; ça c'est des bêtises...
fit le portier, il n'y a que l'habit de monsieur
qui m'a donné joliment du mal à nettoyer.....
vous savez bien, l'habit que vous portiez
quand vous vous êtes évanoui... et qu'on vous
a ôté pour vous faire respirer...

— Eh bien ! cet habit ?

— J'ai bien mis une demi-heure à le
brosser.

— Pourquoi ?

— Parce qu'il y avait dessus plus de cent
cheveux blonds longs d'une aune !

A cette révélation, le malade retomba dans
le délire... il devint aliéné...

Et sa folie, innocente et inguérissable, con-
sistait à chercher en tous sens... sur le sol...

des cheveux blonds tombés d'une tête invisible.

* *

A côté de la tombée, me dit le chiffonnier, il y a la *coupe,* qui se pratique surtout en Bretagne et en Auvergne, durant les foires. Vous vous rappelez cette pauvre fille qui donna ses cheveux pour dix billets d'une loterie foraine et qui gagna un peigne!... C'est toujours en ce qui concerne les paysannes le même engouement. Moi, je ne fais pas ce métier-là, je ne suis pas un faucheur.

— Vous glanez? lui dis-je.

— Cela ne fait de tort à personne en particulier, répliqua-t-il.

Puis il endossa sa hotte et disparut.

* *
* *

J'ai beaucoup réfléchi depuis mon entretien avec le chercheur de cheveux tombés.

Il ne m'est pas prouvé que l'usage du postiche soit absolument inoffensif.

Tout ce qui touche au cerveau ou au cervelet agit sur l'imagination et domine les sens.

On ne met pas impunément contre sa nuque une crinière d'origine inconnue.

Tertullien, s'adressant, à Carthage et à Rome, aux chrétiennes de son temps, leur dit :

— Rougissez au moins de mettre sur votre tête sanctifiée par le baptême les dépouilles de quelque misérable qui a longtemps croupi dans les bagnes, ou de quelque scélérat qui a expié ses crimes sur l'échafaud !

*
* *

Le cheveu est presque un nerf; il provient du crâne; il est produit par la chaleur du cerveau; c'est une plante née sur un volcan...

Croyez-vous que, coupé, il ne conserve rien de son origine?

Croyez-vous que, transplanté, apposé, collé sur une tête nouvelle, il ait répudié les folies de la tête primitive qui lui donna naissance?

Non. On ne perd jamais l'influence du sol natal.

*
* *

J'en veux pour exemple les perruques.

M. de Talleyrand eut des variations d'hu-

meur et de politique qui scandalisèrent le
monde... C'est peut-être à ce qu'il avait, en
1804, un toupet fait avec des cheveux de pro-
létaire, et, en 1814, une perruque confection-
née avec des ailes de pigeon abattues... qu'il
faut attribuer ces évolutions singulières.

A cet abbé, qui avait jeté la soutane aux
orties, on pouvait dire ce qu'il disait à madame de Marmier, qui avait mis, pour prêter
serment comme dame du palais, une jupe
assez peu longue pour montrer ses pieds
charmants :

— Voilà une robe bien courte pour prêter
un serment de fidélité. .

M. de Bismark se sera fait faire une perruque avec des cheveux de batailleur, quand il a
mis le feu aux quatre coins de la flegmatique
Allemagne.

8

*
***

J'avoue que j'adore les cheveux naturels et leurs fabliaux charmants...

Vous connaissez la *Rapanzel* des frères Grimm, une belle fille enfermée dans une tour qui n'a ni portes, ni escalier, ni échelle de corde.

Le prince Charmant passe.

Et vite Rapanzel lui jette ses cheveux immenses, et il grimpe à l'aide de cette splendide toison.

Théophile Gautier a paraphrasé le conte allemand dans les vers que voici :

> Sur le balcon où tu te penches,
> Je veux monter... Efforts perdus !
> Il est trop haut... et tes mains blanches
> N'atteignent pas mes bras tendus.

Ôte tes fleurs, défais ton peigne,
Penche sur moi tes cheveux longs,
Torrent de soie dont le flot baigne
Ta jambe roide et tes talons.

Aidé par cette échelle étrange,
Légèrement je gravirais,
Et jusqu'au ciel, sans être un ange,
Dans les parfums, je monterais.

Ces cheveux immenses qui servent de voile à la beauté, d'échelle à l'amour, de bastion et de rempart tout à la fois, voilà ce que j'idolâtre...

Mais ces chignons de nos élégantes, composés de crins de toute provenance, de boucles de toute nature, appuyées fortement à l'endroit du crâne le plus délicat, au cervelet, où M. Flourens a placé la coordination des mouvements intellectuels où le physiologiste Drelincourt a logé l'âme... voilà ce que je ne cesserai de regarder comme un danger public...

Passe encore pour la macédoine de mon
chiffonnier; il peut avoir dans sa hotte des
cheveux de servante et des cheveux de princesse impériale, des fils blonds tombés d'une
tête anglaise, des fils d'ébène venus d'une tête
espagnole.

Au jugement dernier, où nous devons appa-
raître devant Dieu au complet, si on apportait
cette hotte, les femmes qui y viendraient re-
prendre ce qui leur appartient offriraient une
variété infinie.

Mais enfin, dans cette *olla podrida,* le bon
neutralise le mauvais...

*
* *

Il n'en est pas de même des chignons et
des coiffures faits avec les mêmes cheveux
d'emprunt...

Vous vous étonnez, bourgeois candide, que votre épouse, si douce aux premières années de votre mariage, soit devenue entêtée comme une mule... Examinez la coiffure... elle porte des cheveux de Bretonne... elle est obstinée comme cette race, mélange des Celtes et des Kymris... Sa chevelure d'emprunt la domine... Elle qui criait : *Vive la réforme!* en 1848... semble attendre l'entrée de Henri V à Paris.

Vous êtes stupéfiée, bonne mère de famille, en voyant votre fille si habile au plumetis, si assidue aux offices, si constamment occupée de regarder la terre quand les messieurs la contemplaient... lever la jambe, chanter :

> À présent ma femme est morte,
> Mais que le diable l'emporte;

et demander à faire une cariatide vivante dans la *Cendrillon* du Châtelet... Vous vous éver-

8.

tuez à chercher le mystère de cette déplorable
transfiguration... la chose est facile à dé-
brouiller... Votre enfant pudique, retenue,
sage comme un conseiller à la Cour de cassa-
tion... aura appliqué sur sa nuque un chi-
gnon fait avec des cheveux de cascadeuse des
petits théâtres.

*
* *

C'est surtout en politique que la postiche
me fait peur...

Qu'on donne à la reine Victoria des cheveux
de virago italienne, et nous avons demain la
guerre avec l'Angleterre.

Les mœurs faciles du grand siècle, les ver-
satilités des grands seigneurs, les enfantil-
lages des gens de cour, les folâtreries des
magistrats les plus sérieux venaient peut-être

d'une seule cause : L'usage absolu de la perruque, l'ignorance absolue de la provenance
des cheveux dont elle était composée...

* *
*

Mais, me demanderez-vous, puisque vous
signalez un danger public, ô moraliste capil-
laire ! indiquez au moins le remède !

Le premier remède, c'est de ne pas porter
de faux cheveux du tout... et de se contenter
du peu qu'on a...

M. Emmanuel Domenech, dans ses voyages
à travers l'Irlande, demande à son cocher, un
matin qu'il gagnait le chemin de fer de Du-
blin par une pluie battante, quelles étaient
les quatre statues qui dominaient l'embar-
cadère.

— Ce sont les douze apôtres, dit l'automé-
don, sans détourner la tête.

— Comment, douze? fit le voyageur abasourdi par cette réponse ; mais il n'y en a que
quatre !...

— Oh ! répliqua le cocher, cela ne doit pas
étonner Votre Honneur... Avec un aussi mauvais temps, ils ne peuvent pas être tous dehors...

Cette excuse de l'Irlandais peut nous servir
à tous pour les cheveux absents ; chacun de
nous a eu ses jours de bourrasque, d'orage et
de tempête ; les cheveux partis ont leur justifi-
cation naturelle.

Toutefois, si l'on veut à toute force avoir
l'air de posséder des torsades, des boucles à
la Paméla, des diadèmes bruns ou blonds, des
chignons opulents, des tresses luxuriantes...

Si l'on s'adresse obligatoirement aux mar-
chands de cheveux, il convient qu'on ne s'oc-

cupe pas exclusivement de leur finesse, de
leur effet, de leur longueur, de leurs reflets,
mais bien aussi de leur provenance.

On dit que les somnambules devinent à une
simple mèche de cheveux le caractère, la vo-
cation, l'humeur de l'individu auquel elle a
été enlevée.

Qu'on porte aux somnambules les faux chignons et les fausses tresses...

Elles diront si ce sont des cheveux de mort
ou d'hétaïre, de supplicié ou de suicidé, de
naïve Agnès ou de paysanne pervertie.

Le monde mystique aura sauvé une fois de
plus le monde moral.

*
* *

On raconte, en Amérique, l'histoire de cette
fille opulente de New-York, qui, éblouie par
les exploits de l'acrobate Blondin, ne voulait

épouser qu'un jeune homme capable de passer sans broncher sur une corde roide.

Cette exigence désorienta bien des prétendants.

A la fin, un audacieux se présenta, un Français, jeune et beau, s'il vous plaît.

— Je ferai plus que vous ne désirez, dit-il, je passerai sur un cheveu...

— Mais il ne sera jamais assez long pour aller d'une rive à l'autre de l'Hudson ? dit l'exigeante enfant...

— Aussi me faudra-t-il vous demander, mademoiselle, cent, cent cinquante, peut-être deux cents cheveux, que je lierai les uns aux autres pour avoir l'étendue nécessaire...

On crut le nouvel acrobate insensé... Mais il était joli garçon, on le laissa faire.

Le premier jour, il lia cinquante cheveux, et la donzelle eut le temps de voir qu'il avait de l'esprit.

Le deuxième jour, il en lia cent, et la belle constata qu'il était aimable et doux.

Le troisième jour, la corde de cheveux était déjà considérable...

Et la blonde enfant trouvait que l'ouvrier allait trop vite...

Le quatrième jour, la corde était faite... mais la capricieuse ne voulut pas qu'il s'exposât sur ce tissu fragile.

— Pourquoi ? demanda l'acrobate prétendu, qui était venu à bout de sa séduction.

— Parce que... je vous aime !... répondit-elle.

La ruse d'amour eut un plein succès, comme aux jours ensoleillés de Boccace et de la reine de Navarre.

Cupidon eût perdu ses droits... si l'amoureuse n'avait eu que des faux cheveux à offrir au malin soupirant.

L'ENVIE... LIE DE VIN

Au siècle dernier, les dames collaient de petits morceaux de taffetas sur leur visage... pour faire paraître leur peau plus blanche...

Le bon La Fontaine nous apprend comment l'appareil se nommait :

> La dernière main que met à sa beauté,
>   Une femme allant en conquête...
> C'est un ajustement des *mouches* emprunté.

Et je me souviens qu'une vieille baronne se donna la peine de m'expliquer (un soir qu'il

9

manquait une pièce à notre jeu de tric-trac),
les diverses appellations de ces bigarrures des
épidermes d'albâtre de son temps.

Au coin de l'œil, c'était... *la passionnée.*

Au milieu du front, c'était... *la majestueuse.*

Sur la fossette de la joue, c'était... *l'enjouée.*

Au milieu de la joue, c'était... *la galante.*

Au coin de la bouche, c'était... *l'effrontée.*

Sur la lèvre, c'était... *la coquette.*

Les mouches taillées en rond s'appelaient
des *assassins.*

* *
*

Cette géographie de l'art de plaire, cette
ponctuation de la beauté, ces signes qui bi-
garrent une blanche complexion, à la façon
de mouches vivantes tombées dans le lait...
sont choses fort agréables à l'œil... Mais j'ai

cherché à savoir l'origine de ces appendices
que prisa si fort la grâce féminine d'autrefois,
qu'elle les fit reproduire dans ses portraits
peints par Greuze, Largillière ou Lebrun.

La mouche du xviiie siècle ne fut, selon
moi, autre chose que la contrefaçon de ces signes venus au monde avec nous... qu'on
appelle communément des *envies*.

Je connais une dame qui possède une de ces
mouches naturelles : elle forme un piquant
tréma avec son œil droit.

J'en connais une autre qui a le signe noir
sur une lèvre fine, rose, ce qui fait ressembler
sa bouche mignonne à ces stalles de velours
cramoisi qu'on numérote pour prouver
qu'elles sont le monopole d'un heureux possesseur.

Cette belle enfant-là, à laquelle la nature a
placé ainsi une tache d'encre sur la bouche...
devait aimer un écrivain par prédestination.

Après ce court aperçu sur les *envies,* que mes lectrices ne liront peut-être pas sans curiosité, et de crainte de m'égarer à la suite de Lavater, qui en a fait les étapes d'un bizarre voyage psychologique... je commence le simple récit, dont les lignes précédentes ne sont que l'humble entrée en matière.

*
* *

A l'époque où je songeais à me marier, je faisais la cour à une ravissante jeune fille, la belle Laurence, une maîtresse pour le *bon motif...*

Je la vois encore devant mes yeux, elle était grande, svelte, si frêle qu'on se demandait comment elle ne se brisait pas au moindre souffle... comme la tige d'une plante délicate...

Les pieds étaient peut-être encore un peu

grands, mais fins, cambrés, élégants... Quand
ils remuaient dans leurs mules de maroquin
rouge, on eût dit qu'ils se disputaient entre
eux comme deux avocats à l'audience, en com-
mentant les idées secrètes de leur maîtresse...

Les mains aussi étaient longues, mais on
ne s'en plaignait pas quand ces doigts, adorablement effilés, allaient éveiller sur le piano
des notes, tellement séparées les unes des autres par l'étendue des octaves... qu'elles n'a-
vaient pas l'habitude de résonner en même
temps.

Laurence avait des yeux noirs et des cheveux cendrés.

Ses cheveux avaient à la fois l'odeur et la
couleur de l'ambre.

Grâce française et naïveté allemande étaient
réunies dans cette aimable personne... On eût
dit une Parisienne du faubourg Saint-Germain
élevée par une naïade des bords du Rhin...

*
* *

La famille de Laurence avait la garde d'un château princier situé à quelques lieues de Paris.

Le châtelain y venait une fois par an, une semaine durant, et, le restant du temps, le castel, les bois, les chasses, les étangs, étaient libéralement mis à la disposition du régisseur, auquel le riche propriétaire accordait avec raison sa confiance et son estime.

C'était donc une sorte de château de la Dame Blanche, avec cette ressemblance de plus... qu'il y revenait un fantôme...

On prétendait dans le village qu'une fille avait été séduite par un aïeul du châtelain, laquelle croyait que les hauts barons, comme jadis les rois, épousaient des bergères.

Laquelle, par désespoir de se voir trom-
pée, déshonorée, abandonnée... se jeta dans
l'étang du castel, à l'heure sinistre où les gre-
nouilles coassent en chœur....

*
* *

On affirmait que la morte revenait depuis
un an...

Et qu'elle sollicitait vengeance et prières.

Le jeune châtelain, fort innocent des cas-
cades de ses ancêtres, avait fait la seule chose
qui fût en son pouvoir ; il avait payé à l'a-
vance quelques douzaines de messes expiatoires à son curé.

On avait brûlé plusieurs livres de cierges
confectionnés de cire pure et blanche devant
l'autel de saint Barnabé, qui est le patron du
pays...

Cela ne produisit pas plus d'effet qu'un bas
de laine sur une jambe de bois.

L'apparition continua ses promenades nocturnes, au vu et su de tout le monde...

***

Chose singulière ! la morte, dans ses visites
nocturnes, semblait prendre plaisir à visiter les
hôtes dont la morale était légère, les habitants de Paris qui perdaient dans les plaisirs
faciles, dans les dangereuses intoxications de
la capitale, leurs bonnes qualités de l'esprit
et du cœur...

Elle s'arrêtait en face de leurs fenêtres, aux
mélancoliques clartés de la lune...

Elle tendait vers eux sa main blanche et
son grand bras. Elle semblait leur dire : Souviens-toi !.. Nous l'avions tous vue... sans
jamais oser l'arrêter dans sa course...

Le vin ne tournait pas dans les caves, les chevaux ne tremblaient pas de fièvre à l'écurie; les fleurs qui avaient penché leurs têtes vermeilles sous la rosée du matin se relevaient à l'aurore, sans que le voisinage de l'apparition eût dérangé le moindre papillon dans ses amours ou son sommeil....

On laissait courir l'ombre inoffensive, on raillait ceux des hôtes du château, Parisiens frivoles, rêveurs irréfléchis, amants volages, qui avaient été l'objet de ses attentions.

* *
*

J'ai dit que je faisais la cour à Laurence dans le but de devenir son époux... Je mettais à ses pieds un cœur, à peu près neuf, et une main qui n'avait tenu que le fusil et la plume.

9.

J'avais un rival, le blond Albert, fils d'un épicier de Paris, et prêt à succéder à son père dans l'appréciation des denrées coloniales....

J'avais la pauvreté de Job sans en avoir la patience. Albert possédait un magasin où les pains de sucre formaient des pyramides, où les bougies eussent édifié ceux-là même qui avaient vu trente-six chandelles, où les fruits confits et les bâtons de candi étincelaient à la montre, dans leur givre sucré, comme des joyaux sous la vitrine d'un bijoutier.

Albert était gros, massif, lourd, terre à terre. J'étais à cette époque fluet et audacieux comme un Gascon, pas plus laid qu'un autre... et poëte à aller chercher des escargots sur les vignes du Parnasse....

Nous fîmes notre cour... chacun à sa manière.

Albert parla de la hausse prochaine des cafés moka, du déchet qui se produisait dans

les fromages de Chester et de Roquefort, et de
la qualité des pruneaux de l'année.

Je parlais de la muse, des voyages dans le
bleu, des petites étoiles de la nuit qui ressemblent aux yeux d'un chat... clignotant aux
amoureux...

Laurence ne fut pas aussi longue que
Pénélope pour faire son choix.

Elle déclara qu'elle prendrait Albert pour
époux.

Et me laissa absolument libre de changer
en élégies... mes chansons d'épithalame.

*
* *

Le soir de la décision je fus véritablement
affecté !

Cette chaste maîtresse, dont on veut faire sa
femme, sa compagne dans la vie, l'ange de

son foyer, le parfum de son logis... ne ressemble pas aux beaux démons... enfantés par
la fantaisie.

La maîtresse que l'on respecte et pour laquelle on rêve la guirlande de fiancée met les
diables en fuite...

La robe de la mariée ressemble encore à la
robe de la communiante.

Il n'y a qu'une différence, c'est qu'on a laissé
aux suaves fleurs d'oranger le temps de s'épanouir... pour en former les guirlandes nup-
tiales...

Je regrettais donc bien sincèrement cette
ravissante enfant qui me semblait destinée,
dans le cours de mon humble existence, à relever la faction de mon ange gardien, que
j'avais déjà quelque peu surmené.

Quand un fait singulier, étonnant, bizarre,
se présenta.

La nuit qui suivit le choix de Laurence,

le fantôme qui courait parfois à travers le
château se présenta à moi.

Mais l'apparition ne se contenta pas de désigner mes fenêtres de son doigt menaçant...
elle franchit de ses pas agiles une petite planche
sur laquelle on plaçait parfois des pots de
fleurs... une planchette si mince, que je la vis
ployer sous ses pieds, et que j'eusse proféré
un cri s'il ne s'était pas agi d'une ombre...

Elle poussa ma croisée et entra dans ma
chambre!!!

* *
*

Si c'eût été une morte sortant de son sé-
pulcre à l'heure où les fossoyeurs dorment à
côté de leurs femmes, ma chambre eût brûlé
bleu, et il se fût répandu une odeur de terre
humide autour de moi...

Je sentis au contraire un parfum enivrant,
quelque chose de doux comme l'ambre, de
pénétrant comme la violette...

Le fantôme s'avança vers moi... le drap qui
couvrait son visage se détacha...

Et Phœbé, souriante dans le ciel, me mon-
tra le visage de l'apparition blonde comme
elle...

C'était Laurence!... qui venait me trouver...

— Écoutez, me dit-elle, et n'oubliez pas ce
que je vais vous dire... que ce soit la consola-
tion de votre douleur : *Je vous aime !* — J'é-
pouse Albert, parce que ce mariage fait le
bonheur de mes parents. A côté de l'amour,
chez une femme, il existe le devoir;... je vous
aimerai toujours... Mon sacrifice sera ma pé-
nitence sur cette terre d'épreuves... Je serai
épouse dévouée, mère attentive; dans le monde
je ne vous connais plus... Mais ce secret que

je divulgue ce soir pour la première et la dernière fois, sera pour moi comme le cilice de la
chrétienne pieuse... que nul œil humain ne
saurait découvrir...

— Laurence! m'écriai-je en me jetant à ses
pieds, Laurence, je vous adore... consentez à
devenir ma femme.

— Non, dit-elle, il y va de la tranquillité de
mes parents; mon mariage avec Albert assure
leur avenir... je me sacrifie... Relevez-vous,
mon ami, et soyez fort... soyez mon complice
dans une noble et héroïque action...

Elle se baissa pour me relever.

*
**

Alors le grand voile qui l'enveloppait mit à
nu ses épaules... et il me sembla, en les voyant,
que toutes les statues de marbre que j'avais

admirées jusqu'alors avaient la couleur sombre
du bronze, leur étant comparées...

A l'endroit du buste où s'arrêtent d'ordinaire les corsages des robes de bal... mon œil,
ébloui, fasciné, involontairement indiscret,
s'arrêta sur un signe...

C'était une petite envie, une petite tache lie
de vin ;... cela avait l'air d'une mûre des bois,
ensevelie par un gourmet dans un amas blanc
de sucre en poudre...

La nuit était silencieuse, la solitude était
complète, celle que j'aimais était sans défense,
à la portée de mes bras : mais chez elle c'était
le corps nerveux, fébrile, agité, le corps indiscret qui trahissait les secrets de l'âme vail-
lante...

Quand nous sommes assez hardis, assez sa-
criléges, assez corrompus pour attaquer une
femme dans ses faiblesses, implorant sa pitié,
exploitant sa bonté, faisant appel au démon de

la vanité qui la pousse sans cesse comme les
valets de l'Exposition universelle poussaient
des visiteurs sur des chaises roulantes... nous
trouvons au moins devant nous une âme à
combattre...

Cela a l'air d'un duel régulier avec la pudeur et la faiblesse pour témoins de la dame,
la passion et la sincérité du moment pour
témoins du cavalier.

Mais là, le discernement entier était absent,
la pudeur n'était même pas éveillée !

Laurence dormait, parlait, marchait les
yeux ouverts !...

Laurence, qu'on avait prise si longtemps
pour un fantôme... pour une apparition, pour
le spectre d'une fille séduite... Laurence était
somnambule !...

*
* *

On connaît l'histoire de mademoiselle Erwein de Steinbach, la fille de l'architecte qui
commença la cathédrale de Strasbourg.

Son père ne pouvait mesurer les hauteurs
de l'édifice, et se lamentait de ne trouver personne pour prendre les dimensions nécessaires à la construction de la flèche.

La jeune fille alla une nuit mesurer ces distances aériennes... elle passa, légère comme
un oiseau, sur les extrémités de l'église.

Comme Laurence, mademoiselle Erwein
était somnambule!...

*
* *

Laurence, après m'avoir relevé, se recou-

vrit du grand drap qui lui servait de manteau,
se dirigea vers la fenêtre,

Et plaça ses pieds sur la planchette qui séparait ma croisée du carré.

Elle déposa un baiser froid, doux, chaste
sur mon front... et se retira comme elle était
venue.

La planche ploya... cria... se cassa;... elle
était à deux étages du sol...

Mais le fantôme avait franchi, avec la légè-
reté d'une ombre, ce pont aérien désormais
brisé.

Et la somnambule disparut dans la nuit.

* *
*

Le lendemain, rien dans la physionomie de
Laurence ne trahit le secret de son cœur...

On avait vu l'apparition entrer chez moi,

On me railla pour mes mœurs faciles, con-
damnées par l'ombre vengeresse; on félicita
la jeune fille de n'avoir point accordé sa pré-
férence à un sacripant de mon espèce.

Son mariage avec Albert eut lieu.

Et vingt-cinq ans se passèrent sans que je
songeasse à m'informer d'un bonheur dont
j'étais demeuré jaloux...

*
* *

Il y a dix-huit mois, je rencontrai dans une
allée du Luxembourg une dame et une enfant.

La petite fille avait trois ans à peine; celle
qui l'accompagnait semblait avoir passé la
quarantaine; elle était légèrement ridée, mais
ses rides ressemblaient à ces craquelures qui
sillonnent les belles peintures de nos musées,

sans trop en altérer la beauté primitive... Il
me semblait avoir vu ce beau visage quelque
part...

— Grand'mère, dit l'enfant, vois le soleil
est beau, le ciel est bleu, les branches sont
vertes, ne partons pas encore...

J'attirai l'enfant à moi.

— Quel beau collier de corail vous avez là,
mademoiselle, lui dis-je.

— Oh! fit la gamine... vous ne voyez pas
tout... vous ne voyez pas la croix.

Et elle abaissa les dentelles blanches de son
corsage pour me faire admirer le signe de la
Rédemption, devenu un joyau, à l'usage de
son enfantine coquetterie.

Je ne vis pas la croix en corail rose, je ne
vis pas le rire de la mignonne... je ne vis
qu'une chose, une envie lie de vin placée absolument au même endroit où je l'avais aper-
çue... vingt-cinq ans auparavant...

— Le signe de Laurence ! m'écriai-je étourdiment et malgré moi.

La bonne dame se leva.

— Que venez-vous de dire, murmura-t-elle, et qui vous a révélé un mystère que personne n'a pu savoir ?... Je suis Laurence, j'ai quarante-cinq ans, je suis veuve et grand'mère... vous pouvez parler sans crainte, sans hésitation... je suis une vieille femme... il n'y a plus de place dans mon cœur que pour l'amour maternel...

J'hésitai, la dame insista... j'obéis, je racontai la scène de l'apparition, le somnambulisme, la révélation du signe charmant, la confession de la fiancée, et ce baiser sur le front, la seule preuve de chaste amour que j'eusse jamais reçue.

— Je vous aimais bien, me dit-elle en cachant sous les verres de ses lunettes les pleurs qui s'échappaient de ses yeux... mais ce baiser

de la somnambule, vous ne devez pas le garder...

— Je vais vous le rendre, répondis-je. N'ai-je
pas le droit de faire cette restitution après un
quart de siècle de discrétion et de sacrifice?...

Et je déposai un baiser respectueux, un
baiser d'ami... sur son front pâle...

— Je ne dois pas le garder non plus, fit-elle
gaiement: tout doit être entre nous pur comme
les amours des anges.

Et elle déposa un baiser... sur *l'envie lie de
vin* qui bigarrait comme une mouche coquette
la blanche poitrine de l'enfant.

LA DAME SANS REGARD !

C'était un soir de mardi-gras, — Paris chantait en fête, — les chevaux étaient harassés, — les femmes fatiguées, — les hommes étourdis; — on ne pouvait pas trouver un fiacre libre, un cabinet de restaurant vide de la Madeleine à la Bastille.

Dans l'après-midi, un commissionnaire m'apporta une petite lettre, papier parfumé, glacé, avec un cachet sur lequel on lisait : *To be or not to be, that is the question.*

10

Le messager était payé, il n'attendit pas
mes impressions de lecture.

Et se sauva sans demander le reçu.

J'ouvris le pli et je lus :

« Si vous n'êtes ni peureux ni amoureux,
« *c'est-à-dire si vous avez l'esprit libre*... rendez-
« vous cette nuit, quand les douze coups de
« minuit sonneront, sous l'horloge du foyer
« de l'Opéra;

« Quelqu'un vous y attendra, et vous vous
« ferez connaître en lui tendant la fleur con-
« tenue dans cette lettre...

« Exactitude et silence.

    « LA MAÎTRESSE A TOUS. »

Dans cet étrange billet se trouvait en effet
la fleur annoncée.

Ce n'était point une rose délicate, une violette aux balsamiques parfums, une pensée
symbolique, une marguerite chargée de dire
à son possesseur la bonne aventure d'amour.

C'était une immortelle... jaune, sèche, sans
parfum.

On eût dit un fragment dérobé à quelque
couronne mortuaire des cimetières de Mont-
martre ou du Père-Lachaise...

J'étais jeune, présomptueux, coquet... je rêvais dans les couloirs du bal de l'Opéra... des
princesses russes en quête des cœurs inoc-
cupés...

Je songeai sérieusement que quelque grande
dame s'était enamourée des longs cheveux
à la Werther qui tombaient alors sur mes
épaules... Et je résolus, en chevalier obéissant,
d'être fidèle au rendez-vous.

Cette signature *la maîtresse à tous*, m'interlo-
quait bien un peu.

Était-ce une simple marque d'autorité, ou
bien un orgueil exagéré, ou bien encore une
cynique abdication de dignité personnelle?

Il m'était impossible de me prononcer sur
ces trois hypothèses.

Je mis un habit noir, une cravate blanche
et des gants jaunes, selon la mode du temps.

Et j'allai me mêler aux oisifs qui devaient
porter en triomphe, au lever de l'aurore, Musard Ier, ce père du quadrille échevelé...

Il y avait là *Paul Piston*, *Brididi*, *Frisette*, le
Grand Chicard, *Pique-Vinaigre* et la *Moutarde
de Dijon*, tous hommes et femmes, pas d'Au-
vergnats, lesquels ont précédé les Clodoches
de *l'Œil-Crevé* dans l'en-avant-deux fantaisiste
et le cavalier seul disloqué...

On admirait ces danseurs folâtres, on établissait un cercle autour d'eux. *Rigolette* à son aurore faisait merveille ; *la Reine Pomaré* avait sa cour, et on se montrait du doigt un cascadeur hérissé, costumé en folie, le pied en l'air, la main tendue, l'œil en feu, qui répondait au nom de l'*Insurgé*...

Je ne m'arrêtai pas à ces attractives excentricités, je ne me serais pas arrêté devant David dansant devant l'arche, je n'aurais pas perdu une seconde, même pour contempler l'almée qui s'enivre de son propre parfum... douze coups venaient de sonner !

Je me précipitai, mon immortelle à la main, sous la pendule du foyer.

*..

Je vis une femme grande, vêtue d'un domino de velours noir qui la cachait entière-

ment, appuyant sur la cheminée un bras vi-
goureux, qui paraissait aussi ferme que le
marbre sur lequel il était placé.

Je tendis mon immortelle.

— C'est bien, dit-elle, vous êtes exact au
rendez-vous... merci.

Je ne connais rien de plus mystique, de
plus sévère, de plus intimidant que le *domino*
des bals masqués.

On assure que c'est une imitation du camail
que portaient aux offices, durant l'hiver, les
prêtres d'autrefois...

Il s'appelait dans le langage de la primitive
Église *domino*, comme aujourd'hui.

Il cache les pieds, les mains, la taille, les
épaules, tout ce qui peut faire deviner le caractère et l'humeur d'une belle.

Celle à laquelle je donnai le bras ne montrait que des yeux noirs, fixes et sévères, à
travers son loup de satin...

— Veux-tu me suivre ? dit-elle d'une voix
dure.

— Où ?

— Chez moi.

— Qui es-tu ?... Es-tu jolie ?... es-tu laide ?...
es-tu vieille ?...

— Tu me demandes mes passe-ports comme
un gendarme consciencieux, répondit-elle, en
ta qualité d'écrivain tu me parais manquer de
goût pour l'imprévu. Sache bien que je ne me
masque pas comme une Parisienne, et que je
sais mieux protéger mon visage qu'avec un
simple rempart de soie... Comme les coffre-
forts indestructibles, j'ai deux secrets... ôte
mon premier masque et tu verras le personnage que je représente.

J'enlevai le loup de satin noir, croyant
trouver un visage coquet et souriant, comme
on trouve un joyau étincelant sous le velours
de son écrin...

Je reculai épouvanté... j'avais devant moi
une tête grimaçante !...

*
* *

Tandis que je soulevais le masque, l'inconnue écartait son domino.

Elle portait un costume noir parsemé de
larmes d'argent... Elle avait pour collier des
osselets séparés par des perles de jais et des
opales, ces pierres qui portent malheur...

Dans ses cheveux d'un noir bleu comme
l'aile du corbeau, le coiffeur avait savamment
disposé des branches de cyprès...

Et quand je regardai avec attention ce que
la diva tenait à la main, — ce que j'avais pris
pour un éventail, — je reconnus que c'était
une sorte de sceptre d'or représentant à la
façon antique... un flambeau renversé...

— Quel est ton nom, lui dis-je, toi qui te dis la maîtresse à tous?

— Une bégueule le cacherait, répondit-elle, mais je ne suis ni naïve, ni rouée, et je vais te le dire tout de suite... Aussi bien tu as souvent entendu parler de moi... et tu attendais un jour ou l'autre ma visite... car je n'hésite pas à faire les premiers pas vers les beaux messieurs qui me conviennent.

— Et tu te nommes?

— Je me nomme, dit-elle, *Mademoiselle la Mort*...

Évidemment le deuxième masque était un carton, l'accoutrement funèbre était un chef-d'œuvre de costumier. Quinault, dans l'*Armide*

dé Gluck, a bien fait chanter la Haine ; le
Carnaval Parisien pouvait bien faire danser
la Mort...

— Viens, me dit-elle.

— Il nous faut une voiture.

— J'ai la mienne.

— Quelque corbillard de première classe?..

— Enfant, fit la dame en riant, tu n'as donc
jamais vu les transformations de la mort,
d'Holbein. Je prends toutes les formes et
toutes les élégances. Mais tu sais que je te
mène à une maîtresse qui t'attend.

— Elle est jeune ?

— Elle n'a pas dépassé vingt ans.

— Elle est belle?

— Elle l'a été.

— A vingt ans, peste ! il doit exister encore
de beaux restes ; elle est douce ?

— Elle ne dit jamais un mot...

— Allons, m'écriai-je, ma charmante con-

ductrice, j'ai été soldat; il ne sera pas dit que
la Mort, vue de face, m'aura fait peur...

* *

Nous montâmes dans un coupé presque élé-
gant; les domestiques, très-empressés, portaient bien une cocarde noire à leurs chapeaux, — mais c'est une mode du monde
fashionable.

La voiture roula et s'arrêta devant une petite maison de la rue Fontaine Saint-Georges.

Une femme de chambre vint prendre la
pelisse de ma compagne.

— Ma sœur est-elle prête ? murmura la
maîtresse.

— Elle est à table, dit la camériste du ton le
plus naturel du monde.

— Quelle robe lui avez-vous mise ?

— Sa robe de moire blanche.

— C'est bien, vous donnerez des ordres pour que le souper soit servi à une heure du matin... que le champagne soit bien frappé surtout... la Mort aime le froid par instinct...

Alors elle ouvrit la porte d'un salon splendide et défit un second masque. C'était une femme de quarante ans, une tête plébéïenne, un physique d'ouvrière romanesque, occupée à la fois par la couture et par la lecture des romans excentriques, — elle était brune, je l'ai déjà dit; elle avait des yeux qui avaient dû être beaux, mais dont les larmes semblaient avoir éteint les feux... comme l'eau éteint l'incendie.

Ses bras étaient d'une vigueur brutale, et ses lèvres dédaigneuses se relevaient avec colère comme les plis d'un drapeau rouge... en signe de haine de toute tyrannie... et de continuelle insurrection...

* *
*

De la pièce étincelante où j'étais entré, on voyait la salle du souper, les bougies éclairaient la table, les fleurs couronnaient les surtouts, les fruits rares étalaient leurs couleurs dans des plats d'or.

— On assure, dit mon introductrice, que, pour devenir joyeux à table, il ne faut pas être plus que les muses et moins que les grâces. C'est le dernier chiffre que nous adoptons pour les fêtes du mardi-gras... Il n'y a à table que vous, moi et *ma sœur*... Mais j'espère qu'en ce joyeux anniversaire vous ne vous ennuierez pas trop en notre compagnie...

Et, me prenant par la main, elle me conduisit dans la salle du festin.

11

Au milieu de la table, vêtu en habits de
fiancée, placé dans un fauteuil de velours
nacarat à la place d'honneur...

Il y avait une chose hideuse !

Il y avait ce qu'elle appelait *sa sœur*... c'était
un squelette...

Dans un procès célèbre, jugé après un crime
sur lequel dix années avaient passé, un doc-
teur, M. Dumoutier, examina un squelette...

Et il sut dire, à son inspection, le sexe,
l'âge, le caractère de la victime.

— Il s'agit d'archéologie, avait dit le procureur du roi aux médecins appelés à sa re-
quête...

Il s'agissait de dire ce qu'avait été un squelette tout récemment tiré de la terre, de pré-

ciser l'âge, le sexe de l'être qui avait été inhumé immédiatement après la mort, c'est-à-dire avant la rigidité cadavérique.

M. Dumoutier, qui était un des adeptes de la science de Gall, articula ceci :

— La femme dont je tiens en ce moment le crâne fut avare et défiante ; elle était à la fois craintive et colère.

— Messieurs de la Faculté, s'écria le procureur du roi, je vous avais demandé un miracle, vous venez de l'accomplir...

Je n'ai pas la science de l'illustre praticien... aussi regardais-je avec stupéfaction et horreur cette tête d'où toute chair était absente, ces cavités où les yeux manquaient, cette bouche où les dents blanches et serrées paraissaient être au complet. — C'étaient les os d'un corps de femme réunis au moyen d'un fil d'archal ou de laiton, et formant ce qu'on appelle le *squelette artificiel*.

Des doigts décharnés sortaient des man-
chettes de dentelles.

Des phalanges unies et livides comme de
l'ivoire étaient introduites dans des pantou-
fles de velours noir...

Et sur un front lugubre, on avait placé
une couronne de roses blanches !

—Horreur ! m'écriai-je ; je ne suis pas un as-
pirant aux mystères de la franc-maçonnerie,
pour qu'on me soumette à de semblables
épreuves....

*
* *

Mon introductrice se leva alors et me dit :
— Tu vois devant tes yeux une victime de
la corruption.... Elle fut en son temps, à son
aurore, une laborieuse ouvrière ; elle eût été
une honorable mère de famille..... on lui jeta

de l'or, des bijoux, on la séduisit par tout ce qui étourdit; on l'éblouit par tout ce qui brille... Elle fut une femme à la mode, les pieds en calèche et l'esprit dans la boue....... ayant des dentelles au bas de ses robes et des souillures au plus profond de son âme.... Elle est morte, non dans une pauvreté relative, comme dans la *Dame aux Camélias*, mais bien misérable, abandonnée de tous, phthisique et désespérée; elle a péri dans un lit d'hôpital. Elle a rendu à vingt et un ans son âme égarée sur un oreiller fourni par l'Assistance publique... elle est morte me laissant tout ce qu'elle pouvait avoir et tout ce qu'elle pouvait devoir !... Moi, femme du peuple, ne comptant que sur mon travail, j'acceptai ce legs d'une sœur mourante, absolument insolvable.... Je payai ce qu'elle devait et je me croyais une bienfaitrice, quand il m'arriva une embarrassante bonne fortune...... Un de ses anciens amants, mort à Buenos-Ayres, lui laissait deux cent mille francs de rente!...... Que devais-je faire de ces quatre millions, moi qui suis née et qui ai voulu rester dans l'obscurité heureuse et le travail moralisateur?...

J'ai fait une maison à la morte, à la victime des passions et des intempérances et je suis même parvenue à la retrouver elle dans l'austère majesté du Trépas..... La beauté était disparue, la femme était morte, j'ai reconquis le squelette!....

— En vérité? m'écriai-je.

— Oh! ce n'était pas bien difficile il y a vingt ans! A cette époque tous les médecins avaient un squelette dans leurs cabinets....

De nos jours encore, chez un anatomiste du quartier des Écoles, vous n'avez qu'à demander des squelettes, on vous en montrera dans les vitrines..... et si vous ne trouvez pas là *ce qui vous plaît*, on vous en fournira selon votre désir d'études..... Évidemment vous ne trouverez rien d'aussi parfait, comme démonstration scientifique, que le squelette modèle du musée Orfila ; mais enfin on a pour 60 francs un squelette *ordinaire*, et pour 120 francs un squelette *articulé*.....

J'ai retrouvé les restes de cette martyre des folies de la grande ville, et j'ai exaucé son dernier vœu en vous invitant à profiter de son hospitalité d'outre-tombe.....

— Elle a donc exprimé un vœu ? demandai-je, étourdi par ces sinistres bizarreries.

— Elle a désiré que sa mort servît d'épouvantail, de reproche, de mercuriale à tous les jeunes fous, qui mènent la vie à grandes guides en attelant à leur char de pauvres créatures perdues par leurs séductions. — *Je voudrais*, disait-elle sur son lit d'hôpital, *que ces écervelés qui se rient de l'existence, de la moralité, de*

la vertu des femmes...... pussent me faire appa-
raître dans mon linceul à leurs festins de carna-
val. Je voudrais, morte généreuse, fantôme hospi-
talier, leur rendre ces banquets qu'ils m'ont
donnés... au prix de mon âme et de mon repos
éternel.

— J'ai suivi aveuglément ses intentions ;
depuis vingt ans, je vais chercher au bal de
l'Opéra, durant la nuit de chaque mardi-gras,
un écervelé, un fou, un gaspilleur de jours et
d'idées... Je lui fais croire qu'une maîtresse
est énamourée de sa personne... et j'amène
l'étourneau comme je vous ai amené, face à
face avec le spectre..... des plaisirs de Paris...

— Madame, lui dis-je, vous vous êtes trom-
pée de cavalier ; je ne suis pas un Lovelace,
un raffiné, un Don Juan séduisant à première
vue, et oubliant ses serments à la première
incitation......

— Vous êtes, répondit l'énergique femme,

un écrivain mondain ; trempant au besoin votre plume dans le vermillon d'une coquette, ou allongeant votre encre avec quelques gouttes de rœderer ou de cliquot... Les écrits empreints d'une dangereuse poésie, les descriptions de raouts, les comptes rendus de piqueniques élégants sont aussi des séductions... et je ne crois pas inutile d'infliger dans votre personne une leçon aux gens de votre métier...

*
* *

J'en avais vu et entendu assez...

Je m'échappai avec empressement de cette salle lugubre, je sortis précipitamment, non sans ployer le genou devant le squelette, cette image du néant.

11.

— O toi, que je n'ai point connue, dis-je, et
dont on profane les restes, sous prétexte de
t'immoler les jeunes illusions comme des vic-
times expiatoires, tu dois protester dans l'autre monde contre ces fanatismes de l'amitié
égarée... les âmes n'ont point de rancune, les
trépassés n'ont point de haine... Et cette sœur
qui a pris, comme un lugubre caprice de carnaval, l'image de la mort pour travestisse-
ment, est un masque maladroit qui ne connaît
pas l'esprit de son personnage...

En achevant ces mots je regagnai l'escalier
et m'élançai dans la rue.

Il faut bien le dire, la défunte, *la dame sans
regards* semblait avoir approuvé ma protes-
tation.

Elle hocha la tête..... comme la statue du
Commandeur de *Don Juan.*

Mais ce n'était pas par un miracle, pour venir en aide à mon argumentation...

C'était la partie supérieure du squelette qui,
sous l'atmosphère brûlante de la salle et de ses
cent lumières... s'était tout à coup désarti-
culée !!!

LA MORT DE BLANCHETTE

J'ai besoin de dire ici que le mot *maîtresse*
ne sous-entend pas absolument une liaison
brutalement, galante, où Cupidon tire des
flèches dans le chapitre (spécial au mariage)
du Code civil, pour le détruire, ou pour agir
au préjudice de ceux qui y trouvent un droit
et une garantie.

L'Amour platonique, c'est un spiritualiste
comme Descartes, Jules Simon ou Caro, au

lieu d'être un matérialiste comme d'Holbach, Taine ou Littré, voilà tout.

L'Amour platonique est aussi bien le fils de Vénus que l'Amour sensuel... seulement tous deux ne sont peut-être pas... du même lit.

Tantale, de douloureuse mémoire, qui mourait d'envie des comestibles placés hors de sa portée, Tantale était un gastronome aussi sérieux que Berchoux, Brillat-Savarin ou M. de la Reynière... qui ne se privaient d'aucune friandise.

Il avait même plus d'appétit.

*
* *

Le cœur de l'homme est faible devant la grâce, la beauté, la coquetterie féminines.

L'oreille surtout est friande des doux sons

produits par les voix argentines de toutes les petites-filles d'Ève.

Les femmes ressemblent, en effet, à ces anges dont parle la Bible, assaillis par la foule lors de leur entrée chez le patriarche aimé de Dieu...

Et frappant d'aveuglement les audacieux qui veulent entraver leur marche et arrêter leurs pas...

*
* *

Personnellement, je déclare avoir aimé une *invisible* beauté, et je crois que la collaboration complète des cinq sens est absolument inutile au culte de la sympathie... On peut aimer, même quand on est privé de la vue.

Le poëte n'a-t-il pas dit :

> Sur la terre, aux cieux et sur l'onde,
> Tout suit le caprice du sort,
> Trois *aveugles* mènent le monde,
> L'amour, la fortune et la mort.
> La vie est un bal qui commence
> La fortune tant bien que mal,
> Vient l'amour qui conduit la danse,
> Et puis la mort ferme le bal.

Il y a mieux... on assure que les aveugles-nés sont moins mélancoliques que les sourds.

L'aveugle peut converser ; le sourd, qui est plongé dans un silence perpétuel, est condamné dans la société à un véritable système cellulaire...

L'aveugle a même une idée de la couleur.

On demandait à un aveugle s'il pouvait se créer une idée de la pourpre, c'est-à-dire la plus brutale de toutes les nuances...

—Oui, répondit-il, je me la représente comme le *son de la trompette*.

*
* *

Je suis, il me faut l'avouer, un amoureux
du son tout aussi naïf que les Grecs primitifs,
écoutant la lyre à quatre cordes tendues sur
l'écaille d'une tortue.

Le roi Louis XIII avait dans son palais un
serin des Canaries qui chantait, dit un auteur
du temps, dix à douze airs de flageolet et quelques préludes en perfection.

Sa Majesté, à son retour de chasse, trouva
un soir le serin mort dans sa cage... et reconnut que c'était faute d'eau.

— Si je n'avais pas été roi, dit Louis XIII,
mon oiseau ne serait pas mort.

— Pourquoi? lui dit Richelieu, qui, comme
son successeur Mazarin, aimait mieux faire

chanter le peuple... que faire chanter les ca-
naris...

— Parce que, dit Louis le Juste, je lui aurais donné à boire moi-même.

Il faut donc non-seulement aimer les doux
sons, l'harmonie, la mélodie, mais aussi veil-
ler à la conservation de ceux qui les produi-
sent... C'est ce que j'ai voulu faire, comme le
prouvera cette véridique histoire.

*
* *

On assure que rien ne se perd dans ce
monde, et que les sons eux-mêmes ne dispa-
raissent pas plus que les vieilles lunes.

Le son ordinaire parcourt trois cent trente-
sept mètres à la seconde... mais se perd-il?...
Il s'est trouvé des savants qui ont affirmé le
contraire...

Il serait singulier de retrouver dans un coin du firmament, entre deux étoiles ou sous la queue d'une comète, les notes splendides, les harmonies ineffables de Stradella, Malibran, Sontag ou Frezzolini...

Sans être une constellation, une ressource d'acoustique, j'ai fait, à mes heures, du son la nourriture de mon âme...

J'ai aimé une femme... que je n'ai jamais vue, d'une affection sincère, d'une passion qui avait tous les degrés de la flamme la plus intense.

J'ai l'oreille fine aussi bien que j'ai le cœur tendre, et si le récit de ces originales affections vous peut intéresser, lecteurs blasés et lectrices incrédules, lisez avec indulgence les souvenirs qui vont suivre...

⁎

J'occupais, il y a quinze ans, une chambre d'hôtel garni dans les environs du Luxembourg. Je ne voyais pas souvent les sénateurs, mais je recevais les visites fréquentes des moineaux qui avaient établi leurs nids dans le voisinage du palais habité par M. Troplong, bien qu'ils n'eussent jamais prêté serment à l'empereur....

Or, une voisine, une joyeuse femme, occupait la chambre contiguë à la mienne.

Il y a plus, la cloison qui nous séparait était si mince... que j'entendais absolument le bruit de ses pas et le son de sa voix.

Nous causions ensemble sans nous voir.

— Ma voisine, quelle heure est-il ?

— Il est l'heure de dormir ; bonsoir.

— Ma voisine, je vous aime !

—.Vous êtes bien bon.

— Ma voisine, je vous... a...dore !

— Avec un jaune d'œuf.

— J'ai le cœur plein de vous.

— Prenez garde d'attraper un anévrisme !

Et, là-dessus, chacun s'endormait... La belle, confiante comme on l'est à vingt ans ; moi, rêvant que j'avais pour compagne de mes songes, séparée de la réalité par un simple mur de planches, une des trois Grâces envoyée en mission dans notre prosaïque Occident.

* *

La belle se levait de grand matin, comme si elle eût donné au soleil, qui avait seul ses entrées dans la chambrette, la tâche de la réveiller...

Elle travaillait assurément, car j'entendais le bruit de son aiguille, perçant laborieusement un corps opaque... J'ai su depuis qu'elle était piqueuse de bottines...

Et sa voix claire de soprano aigu, cristal qui n'avait été fêlé par le choc d'aucun professeur, chantait d'habitude les paroles suivantes :

> Le bon Dieu dit à saint Crépin :
>   Vous êtes un Nicaise,
> Vous m'avez fait des escarpins
>   Où je n'suis pas à l'aise,
> Et dont le cuir n'est pas très-bon,
>   La faridondaine, la faridondon.
> Vous sortirez du Paradis,
>   Biribi,
> A la façon de Barbari,
>   Mon ami !

Cette mélodie, qui sentait son XVIIIe siècle de deux kilomètres, pour parler d'après le système décimal en vigueur, cette mélopée trahissait sa libre-penseuse... et me donna plus d'assurance pour faire ma cour à la mousquetaire, c'est-à-dire à la façon des romanciers qui, n'ayant pas pipé l'abonné, se mettent à brusquer leur dénoûment.

— Ma voisine, lui dis-je à travers la cloison, je veux être votre amoureux.

— C'est bien de l'honneur que vous me faites.

— Avez-vous le cœur libre?

— Comme la République helvétique.

— Et voulez-vous m'aimer?

— A une condition...

— Laquelle?

— Vous ne franchirez jamais le seuil de ma porte, vous ne verrez jamais mon visage, vous ne chercherez jamais à me rencontrer dans les escaliers, vous ne demanderez aucun renseignement sur moi, nous causerons ensemble, en bons amis, à travers la muraille... Cela vous va-t-il?

— Mais c'est de la démence cela !

— Non, c'est de l'amour pur, sans désillusion, sans chagrins, sans mécomptes terrestres... Au reste, c'est à prendre ou à laisser.

— Je prends, m'écriai-je, mieux vaut avoir encore la poussière du diamant que rien... Quand on ne peut pas obtenir le brillant lui-même...

— Eh bien, mon amoureux, c'est chose dite, vous êtes mon amant, par l'esprit, par le cœur, par l'âme... et il vous est loisible de me croire aussi belle que la déesse mythologique la mieux comprise.

Puis elle se mit à rire de son rire clair comme le choc des louis d'or... et elle reprit sa chansonnette :

> Le sans-gêne de saint Crépin
>   Eut des suites étranges,
> Il perdit en un tour de main
>   La pratique des anges...
> Et cell' des filles de Sion,
> La faridondaine, la faridondon

Quoiqu'il leur fît souvent crédit...
Biribi
A la façon de Barbari,
Mon ami.

*
* *

Je n'avais à ma disposition ni la vue, ni le toucher, ni l'odorat, ni le goûter, ces quatre sens séducteurs qui enivrent l'humanité.

Je n'avais que l'ouïe, qui est assurément une faculté, même pour les gens n'ayant suivi les cours d'aucun conservatoire.

On reconnaît bien de loin quelqu'un à sa voix... quoiqu'on ne soit pas élève de Potier ou d'Elwart...

Et j'ai conservé sur un *memento* les sensations que j'ai éprouvées... comme autant de phénomènes surnaturels... de ma puissance

12

auriculaire. Tous les samedis ma voisine
comptait sa bourse, en déposant chaque pièce
sur sa table, — je présumais que la bienheu-
reuse commère venait de toucher *sa paye* à
l'atelier.

Les écus de cent sous se distinguaient des
francs par leur pesanteur... les pièces d'argent ne rendaient pas le même son que les
gros sous, sur la table de noyer où elle devait
être assise.

Ses recettes hebdomadaires variaient entre
douze et quatorze francs, j'étais si habitué aux
variétés de sons que j'eusse pu noter en signes
musicaux les consonnances des diverses
pièces, comme feu Bastner a noté, dans *les
Français peints par eux-mêmes*, les cris de Paris.

Dans les théâtres, on calcule la recette par
le chiffre du droit des pauvres; je ne pouvais
me servir de ce moyen de contrôle, car la voisine ne faisait pas connaître les charités qu'elle

accomplissait, sa philanthropie ayant toujours demandé à garder l'anonyme...

⁂

Le soir, quand elle se déshabillait, j'entendais le murmure du lacet sortant précipitamment des œillets de son corset, et tiré par une main impatiente...

Cela criait, cela murmurait, cela protestait en passant à travers les petites ouvertures garnies de cuivre.

On eût dit que ce vêtement intime avait peine à quitter cette taille charmante, qu'il était chargé de soutenir et de faire valoir...

— Ce bruit des lacets du corset était un son profane, mais il ne tardait pas à faire place à une consonnance plus morale.

La belle, agenouillée tous les soirs près de
son lit, faisait à demi-voix sa prière... si bas
que Dieu seul pouvait l'entendre.

Mais je saisissais par-ci par-là quelques mots
du *Pater*, cette oraison sublime... et sans le
vouloir, remplissant mentalement les lacunes
que le défaut de mon oreille laissait forcément
dans le texte sacré,... je me mettais involontairement... moi, un négligent en fait de
dogme théologique, un indifférent en matière
de devoirs religieux... à prier aussi...

Et je faisais de la sorte mon propre salut...
par la force de mon édifiant voisinage.

Je savais quand elle *s'habillait* par le claque-
ment du ressort d'un bracelet qu'elle mettait
dans ses grandes toilettes.

C'était une fille rangée, car je l'entendais monter sa montre... tous les jours à la même heure.

Elle lisait souvent le soir dans son lit, et je savais quand le livre ne l'amusait pas, par le bruit de plusieurs feuillets tournés ensemble... dans une même minute.

Je ne pouvais voir si ses dents étaient belles, mais assurément elles étaient bonnes, car je l'entendais casser des noisettes, dans leur saison, avec aisance et facilité.

Elle devait avoir les pieds petits, car elle faisait quinze pas au moins pour parcourir sa petite chambre, aussi exiguë que la mienne...

Elle devait avoir des cheveux splendides, puisqu'elle mettait bien un quart d'heure à les arranger, et j'entendais le peigne passer avec efforts à travers des tresses dont je ne soupçonnais pas la couleur...

12.

* *

Quand je dis que les sens autres que l'ouïe n'avaient point de bénéfices dans le voisinage de ma voisine, je me trompe, et suis peut-être ingrat.

Le toucher était ému par le calorique de son petit poêle de faïence... alors qu'il faisait froid durant l'hiver, et qu'elle réchauffait mon logis en échauffant le sien.

Et l'odorat était flatté, quand elle se faisait, comme un régal, du café tous les dimanches matins.

— Voisine, disais-je alors, vous êtes née dans le Nord.

— A quoi voyez-vous cela?

— Au café que vous faites fort et que vous

aimez fort aussi... Rien qu'à en respirer l'arome, cela me met en gaieté...

— J'en suis fort aise, mon cher voisin, répondait-elle, il n'y a pas de chicorée, croyez-le bien... Je suis pour les choses sincères...

Au bout d'un mois de cour, je devins pressant et demandai... un baiser.

— Je ne suis pas une coquette, me répondit la voisine, mais je tiens aux engagements contractés... Je veux bien échanger un baiser... mais un baiser à travers la muraille...

Et elle colla ses lèvres sur la cloison.

Je collai mes lèvres de l'autre côté.

Elle attendit le bruit de ma bouche amoureuse, et me rendit la caresse...

Je n'ai jamais mieux senti la tyrannie de la
planche garnie de plâtre à l'aide de laquelle
on sépare les habitants du monde civilisé... Je
n'ai jamais mieux compris l'épaisseur de ce
mur de la vie privée... étayé récemment par
un amendement de M. de Guilloutet.

* * *

Une nuit, la réserve de ma voisine sembla
l'abandonner.

Elle frappa, elle cria, elle pleura et refrappa
contre la cloison.

— Mon voisin, mon cher voisin! dormez-
vous? dit-elle.

— Pourquoi?

— Parce que j'ai grand'peur...

— Alors, je ne dors pas...

— Tenez-vous prêt à me venir en aide.

— Est-ce un voleur, un assassin, un séducteur?

— C'est pis que cela.

— Quoi donc?

— C'est... *une souris*... Elle est venue de votre chambre dans la mienne... Oh! je suis trop effrayée... je ne veux plus vivre seule.

— Et vous avez raison.

— Il me faut un soutien.

— Et je vous en servirai.

— Il me faut quelqu'un qui me garantisse de ces vilaines bêtes que j'exècre...

— Le rat le plus énorme ne saurait m'intimider.

— Voisin, dit la voisine... nous en recauserons...

*
* *

Le lendemain, je fis l'inspection de ma chambre et je découvris, en cherchant soigneusement, un trou de souris à l'un de ses angles. Je songeai tout d'abord avec La Fontaine, que

> ...La plus forte passion c'est la peur,
> Elle fait vaincre l'aversion.

Je mis une trappe... et je pris la souris... vivante.

Je ne voudrais pas effrayer mes lectrices, mais je serais un négligent si je ne faisais ici un dessin à la plume représentant cet aimable rongeur...

La petite souris avait l'œil vif, le museau

fin, les mouvements alertes, les quatre pattes mignonnes et agiles, puis tout son corps était d'une blancheur de lait.

Si ma souris fût née quelques siècles plus tôt pour tomber dans les mains d'Aristote, il l'eût mise, comme il fit de sa souris favorite, dans un vase à serrer du grain... et eût trouvé bientôt cent vingt souris issues de la même mère.

Je ne pris pas ce soin... j'appelai simplement mon quadrupède *Blanchette*, et je m'appliquai à faire son éducation.

Je lui appris à venir à moi, à prendre des mies de pain dans ma main....

Et but absolu de mon œuvre civilisatrice, à aller dans la chambre de la voisine à mon commandement....

Quand elle y paraissait, c'étaient des cris, des terreurs, des appels à mon intervention verbale.

Mais je n'avais pas encore obtenu la permission.... de franchir le seuil de la porte et de venir défendre la peureuse en personne.

Tous les jours je faisais pénétrer *Blanchette* chez la voisine et la caressais à son retour en l'enfermant dans une jolie petite cage, où elle vivait comme le rat du fabuliste, dans son fromage délicat...

Quant à la pauvre femme, elle ne cessait de répéter :

— Oh ! l'horrible bête... Je n'ai peur au monde que d'une chose, la souris, et il faut que j'y sois exposée... Oh ! bien certainement je ne continuerai pas à vivre ainsi seule, isolée, sans défense, je prendrai un protecteur.

— Ce sera moi, n'est-ce pas, ma voisine?

— Je suis franche, mon voisin; vous avez un rival.... et je penche un peu de son côté.

— Est-il joli?

— Très-câlin.

— Honnête ?

— Très-coureur.

— Alors, il n'est pas sage.....

— Si, quand il dort.

Le lendemain, pour hâter la solution, je lais-
sai se glisser une fois encore la gentille Blanchette chez la fillette indécise.

O surprise, ô terreur, Blanchette ne revint
pas... elle ne revint plus.... elle devait s'être
perdue corps et biens, comme le navire *le Président*.

Et au lieu de cris que j'attendais de la voisine, je l'entendis qui chantait :

> Il fut penaud mons saint Crépin,
>   Et surtout très-en peine.
> Il acheta du marocain
>   Et fit jouer l'alène...
> Cette fois son cuir fut très-bon,
> La faridondaine, la faridondon,
> Il rentra dans le paradis !...
>   Biribi,
> A la façon de Barbari,
>   Mon ami.

13

Blanchette ne reparut jamais, car elle avait péri, à la façon du dictateur César ou du commissaire de Polichinelle, *de mort violente!*

Et la voisine choisit un protecteur... autre que moi, un malin qui voyait clair dans la nuit et qui faisait jaillir des étincelles d'électricité quand on le caressait.

Ce n'était pas un demi-dieu ; ce n'était même pas un homme....

C'était un *chat!*

LA ROBE MONTANTE

Eh bien! — oui, — je le confesse, — tous
les amours ne sont pas d'une pureté de cristal, — tous les serments de fidélité ne sont pas
solides comme une serrure de sûreté, toutes
les chaînes du sentiment ne sont pas dorées
au feu... ou contrôlées à la Monnaie...

Il existe, dans la vie de jeune homme, certaines nuits où il y a fête à la Tour de Nesle.

Fêtes bien lumineuses au dedans, bien som-

bres au dehors, les bougies allumées, le punch
flamboyant, les contrevents clos....

C'est alors qu'on perd sa jeunesse qui s'é-
coule... comme le sang d'une blessure vermeille....

Et la Mort, bonne femme morose, s'écrie à
la façon de l'Orsini du mélodrame :

— Riez, jeunes fous! moi j'attends.

*   *
*

Il est en effet des heures, dans la vie parisienne, où le sentiment chausse des bottes de
sept lieues, où l'on devient amoureux avec un
regard comme on est blessé dans une arquebu-
sade d'un coup de feu, et en une minute, sans
songer à lever le bouclier comme un Romain,
ou à boutonner préalablement son habit

comme un duelliste dans une rencontre au pistolet.

Love at first sight, « amour à première vue, » voilà comment les Anglais surnomment ces sentiments hâtifs.

C'est bien digne d'un peuple qui a dit, même pour les affaires de sentiment: *Times is money !*

* * *

J'ai assisté comme un autre, dans ma jeunesse, à ces raouts où l'on se rencontre pour la première fois avec une belle, voire même une fois seulement, ayant des bouteilles d'Aï pour libations et des chansons pour litanies... Les présentations ne sont pas subordonnées à l'étiquette; les dames donnent leurs petits noms, les cavaliers gardent l'anonyme; le

garçon de cabinet seul, représente avec son
tablier blanc et sa veste courte, le *Dominus*
ancien, le maître du lieu, le locataire de l'im-
meuble qu'un bischoff au kirsch pourrait in-
cendier.

Encore lui fera-t-on généreusement, en cas
de conflagration des planchers et des murs,
mettre la maison et le mobilier *sur la carte*.

C'était vers la fin du règne de Louis-Phi-
lippe. On s'occupait un peu du ballonné de
Carlotta Grisi et des mariages espagnols, de
M. Barbès et de M. Guizot, et, comme à toutes
époques, beaucoup de la pluie et du beau
temps.

On s'occupait aussi, comme au grand siècle, quelque peu de galanterie.

Et j'avais été invité à faire médianoche dans un des salons des *Frères Provençaux*, où devait se réunir une société *pourrie de chic !...*

Quand j'y entrai, la société était presque au complet... figurantes des petits théâtres, espaliers des corps de ballet, jeunes poëtes rêvant à l'Institut, fils de famille dévorant en anthropophages véritables leur légitime, jeunesse de toutes provenances, surnuméraires de toutes les administrations, en politique, en amour ; tout se retrouvait dans cette folle cohue, réunie avec le mystère et l'empressement des anciens chrétiens mettant la nappe dans les catacombes.

On renversa plus de vin qu'on n'en but.

On se grisa surtout de paroles, de couplets grivois, de tendres œillades.

Au dessert, la salle du banquet rappelait à

l'esprit ce beau tableau de David qui se nomme,
dans notre musée du Louvre, l'*Enlèvement des
Sabines*.

* *

Je n'ai jamais été bien hardi ; j'ai les timidi-
tés d'une demoiselle et les hésitations d'un
juré peu partisan de la peine de mort.

Mais comme, pour obéir au sentiment che-
valeresque qui dominait l'assistance, *chacun
choisissait sa chacune*, je me décidai à adopter,
durant la fête, une dame de mes pensées...
une amoureuse pour quelques heures, une
idole jusqu'à l'aurore...

Ce n'était pas une jeune femme ; elle avait
de trente-six à trente-huit ans ; elle était
brune, grande, altière, imposante ; elle bu-

vait sans ivresse, elle riait sans gaîté, elle chantait sans entrain.

Sa robe de velours noir lui montait jusqu'au cou... fermée par une agrafe de diamants splendides.

Sa peau était d'une blancheur étonnante pour une brune; ses bras étaient des merveilles de modelé, et on voyait, à travers le tissu magnifique de son vêtement pudique, qu'elle devait avoir des épaules de duchesse, fines et tombantes comme les chefs-d'œuvre de la statuaire.

Si je m'étais arrêté à madame Esther (c'est ainsi qu'on la nommait), ce n'est pas que je l'eusse cherchée. Sa fierté m'eût intimidé; son air de vertu intolérante et farouche m'eût fait peur...

Mais chacun avait glané dans ce camp gracieux de brunes et de blondes.

On avait pris les mignonnes et les plantu-

13.

reuses, les filles de Chardin comme les filles de Rubens, les sentimentales et les enjouées.

L'altière beauté était restée la dernière, comme, dans un bal, la danseuse la moins jeune ou la plus renfrognée... fait tapisserie.

Je lui tendis la main et la conduisis à l'endroit où les jeux étaient établis et où le quadrille commençait.

*
* *

Sans doute elle n'était pas toute jeune. De même que certains glacis s'échappent des miniatures d'Augustin ou de madame de Mirbel, de même certaines rides, remplaçant l'albâtre ou le vermillon de la peau, avaient marqué sur son front sérieux le passage de printemps nombreux...

Mais elle était encore adorablement belle.

Tandis que les jeunes femmes qui l'entou-
raient portaient sur leurs visages fatigués la
trace des désordres passés, que cachaient mal
les mouches, le carmin et la poudre de riz, son
teint offrait encore une unité, une harmonie, un
éclat qui semblaient dénoter une vie passée
dans le calme et la retraite.

Sa taille était admirable.

Et c'est en la voyant que le bonhomme La
Fontaine eût pu dire... de son buste mou-
vant :

> Toujours il parle, il vient et respire;
> C'est son patois... Dieu sait ce qu'il veut dire...

*
* *

— Madame, risquai-je, je sais que nous ne
sommes compagnons que durant un bal...

que notre union doit être éphémère et pure-
ment sentimentale.

Mais je le regrette vivement... car je vous
aime !

— Vous avez retenu facilement le mot d'ordre de la galanterie, répondit-elle avec un
triste sourire, vous aurez un bon point de vos
professeurs.

— Non, répondis-je, je suis sincère, il y a
en vous un mélange ineffable de hardiesse et
de réserve qui me charme. Vous avez ces
grands airs des abbesses de monastères anciens qui conservaient en allant dans le monde
un adorable ascétisme; vous possédez l'imposante gravité d'un solennel maintien...
même au milieu des folies dont nous sommes
entourés... Comment venez-vous ici sans cavalier, comment n'avez-vous pas songé à
avoir un ami, un adorateur, à vous marier
même?...

— Jamais, répondit la dame.

— *Ni jamais, ni toujours*, répondis-je, *c'est la devise des amours.*

— J'ai besoin, répondit-elle, de bruit, de distractions, de fêtes, de tapage à l'aide desquels il m'est impossible de réfléchir et d'éviter de sombres souvenirs... Je me mêle à ces filles inconsidérées qui se rient de leur réputation et qui lancent leurs couronnes de fleurs par-dessus les moulins pour m'étourdir... boire, oui, — trinquer, passe encore, — chanter, je ne dis pas... aimer... *jamais!*

Cette réplique jeta *un froid* sensible... sur mes espérances de séduction...

* *

Il faisait dans le salon des *Frères Provençaux* que nous occupions une chaleur sénégalienne.

Les cent bougies, les flammes du punch
qu'on entretenait comme les Vestales en-
tretenaient le feu sacré, et les soupirs lan-
goureux des assistants avaient fait monter
sensiblement le baromètre.

A un moment où je lui donnai le bras, madame Esther sembla étouffer...

Elle chancela... Elle tomba... Elle s'éva-
nouit...

Mais en perdant connaissance, elle me dit
avec une fiévreuse insistance :

— Ne souffrez pas que personne me touche
ou m'approche...

Je portai ma compagne près de la fenêtre
sur une causeuse.

— Dégrafons-la, dirent les femmes.

— Elle suffoque dans son corsage, ajou-
tèrent les hommes.

— C'est inutile, objectai-je, elle va mieux.

Et, en effet, la fenêtre étant ouverte, l'air de

la nuit avait apporté un peu de calme à son front brûlant...

— Aussi, firent les danseuses, a-t-on jamais vu une prude de ce genre... qui vient dans une soirée, dans un bal... avec une robe montante !

Quand madame Esther fut revenue à elle, sa main chercha la mienne.

— Silence! balbutia-t-elle.

Je ne comprenais pas ce qu'elle voulait dire...

Elle murmura :

— Vous avez le secret d'une femme... qui fut bien coupable, mais aussi bien malheureuse... le hasard vous a mis en possession du secret de sa vie... Jurez-moi de ne jamais rien révéler.

Je ne savais rien au monde... mais je voulais la rassurer à tout hasard.

— Je le jure sur le salut de mon âme! lui dis-je avec emphase.

. . . .

Cette singulière beauté à la *robe montante*,
une vieille bonne vint la chercher en voiture
au petit jour; car elle n'eût pas toléré qu'un
cavalier la reconduisît...

Et je ne la revis plus...

Elle avait pourtant appris mon nom, mon
état, mon adresse... Tous les ans, au 1er jan-
vier, elle m'écrivait à peu près dans les mêmes
termes :

« Mon cher amoureux, vous êtes discret
« comme un confesseur et compatissant
« comme un apôtre, — vous n'avez pas trahi
« le secret de la pauvre femme malade et éva-
« nouie... je vous en garderai une reconnais-
« sance éternelle, je n'oublierai pas mon sou-
« pirant d'une nuit de fête...

           « *Merci une fois encore,*
                « Votre amie,
                     « ESTHER. »

* *
*

Il y a quelques années, je rencontrai la vieille servante ; elle était, comme le page de Marlborough, toute de noir habillée.

— Comme vous voilà lugubrement vêtue, ma bonne ? lui dis-je.

— Vous ne savez donc pas ?

— Quoi donc ?

— Madame est morte...

— Morte ! m'écriai-je.

— Oui, de la rupture d'un anévrisme ; sa solide nature a succombé aux remords ?

Vous le savez bien, me dit la vieille domestique, puisque vous seul, et moi qui l'ai ensevelie, nous connaissions le secret de *sa robe montante.*

— Pauvre femme ! dis-je, en songeant à la mort de ma compagne de bal...

— Oui, pauvre femme, reprit la loquace
duègne, elle avait commis bien jeune la faute
qui la fit condamner par la justice... Elle passa
bien des années en prison, pleurant et se re-
pentant... Elle eut enfin sa grâce... mais elle
ne retrouva jamais la paix du cœur ni la liberté de l'esprit; elle se livra tour à tour aux
retraites les plus austères et aux fêtes les plus
échevelées; ni le bruit ni le silence ne purent
apaiser son âme malade, dont Dieu prendra
pitié. C'est que, vous le savez, elle ne pouvait
se défaire de sa tache à l'épaule, que cachait à
tous les yeux... sa robe éternellement montante.

— Quelle tache? dis-je, comme entrant
dans un rêve pénible.

— Eh! vous le savez bien, s'écria la vieille,
puisque vous seul avez défait sa robe quand
elle s'est trouvée mal. Elle avait été, en 1829,
marquée par le bourreau.

UN VOYAGE DANS LES POCHES DE SA ROBE

> Quand tu dors, calme et pure,
> Dans l'ombre, sous mes yeux,
> Ton haleine murmure
> Des mots harmonieux.

Ainsi parle le poëte, interprète ému et passionné de l'amant épris de sa belle... jusque dans le sommeil.

Quel ravissant tableau que celui d'une femme s'abandonnant au calme repos !

Le visage, exprimant la tranquillité de l'âme, présente une placidité et une régularité de lignes qui évoquent la pensée du rêve heureux.

On voit, avec un peu d'imagination, les songes ailés se jouer autour du front de la belle.

La respiration chante sa pure et ravissante mélodie.

Tantôt le bras retombe avec une grâce féline, tantôt il est replié gracieusement sous la tête qu'il soutient.

La poitrine à laquelle la coquetterie, sollicitée par le bien-être, a dû donner une liberté relative ; la poitrine découvre des trésors que le corsage ne maintient plus au gré de la mode savante.

> Ton beau corps se révèle
> Sans voile et sans détours...

C'est dans le sommeil seul que ce phénomène de grâce et d'abandon se produit.

Éveillée, la femme la plus simple a, malgré elle, des instincts de coquetterie — toute femme est fille d'Ève — qui impriment à sa marche, à sa tenue, à son geste, à son regard, un cachet qui n'est pas la nature.

Nous avions ri... nous avions bu dans le même verre le sillery rosé... à défaut de sillery sec, le plus justement réputé des crûs de Champagne.

Et le plus rare naturellement.

Allegretta avait chanté tout son répertoire... et son répertoire n'était pas choisi, mais il était nombreux.

Tout y avait passé, depuis *Ma tante tire lire lire*, la ronde enfantine, jusqu'à la *Mère Godichon*, le refrain grivois.

Et, fredonnant encore une dernière strophe, la belle s'était endormie sur la causeuse, la tête couchée sur ses deux bras reployés, les lèvres entr'ouvertes, comme pour laisser passer le dernier sourire et mendier le dernier baiser.

Je ne vous ferai pas le portrait d'Allegretta.

C'est une joyeuse fille, de celles qui mènent la folle et insoucieuse vie des noctambules parisiens.

Belle et grande femme aux cheveux bruns, aux sourcils bien arqués.

Elle avait les audacieuses proportions des cariatides de Michel-Ange,

Elle était légèrement marquée de taches de petite vérole...

Juste assez pour avoir un faux air de la Vénus de Milo ; mais, de plus que la Vénus de Milo, elle avait des bras...

Et de beaux bras, dont elle faisait, comme la belle reine de Navarre, un doux collier d'amour, sous lequel frissonnait la tête, mille fois baisée, de l'amant favori.

Elle savait bien qu'elle avait de jolis bras.

Aussi, au bal masqué, retroussait-elle, avec une pointe de juste orgueil, les manches du justaucorps de son costume gracieux de débardeur.

Je ne parle pas de sa jambe finement modelée et d'un pied mignon délicatement attaché.

Depuis si longtemps, le pied adorable et la jambe nerveuse appartenaient au domaine public, que les décrire davantage, ce serait un double emploi fastidieux pour nombre de mes jeunes lecteurs.

Elle dort.

Ce n'est pas le sommeil féerique de la *Belle au Bois dormant* de l'académicien Perrault.

Elle ne rêve pas du prince Charmant qui doit venir rompre le sortilége.

Le sommeil est lourd, mais il ne doit pas durer cent années...

Heureusement pour nos arrière-petits-ne-
veux, auxquels elle ne pourrait que donner
une triste opinion des mœurs de la génération
dont nous pensons être de fort beaux spéci-
mens.

Elle rêve sans doute au prochain quadrille
de Musard ou à la robe nouvelle qu'elle étren-
nera dimanche.

Je m'arrête un instant à contempler ses
yeux demi-clos, et qui forment un gracieux
lobe ombragé de cils soyeux.

J'admire, comme beaucoup déjà l'ont fait
sans doute, cette taille si bien prise, que je
vois, par la pensée, se cambrer sous l'étreinte
de mon bras.

Je me noie — toujours par l'imagination —
dans les flots ondulants de ses luxuriants ché-
veux qui se sont parfois dénoués — par un
hasard fait exprès — à l'heure des courses
folles à travers les allées du bois.

Elle porte si gaillardement le coquet et indiscret vêtement de l'amazone !..

Chez les femmes comme Allegretta, le vêtement dénonce celle qui le porte.

On dirait que la soie et le velours frémissent
au contact de cette chair sensuelle.

La familiarité de l'étoffe dans laquelle se
drape la courtisane dévoile au regard le plus
inexpérimenté la facilité des mœurs de sa
propriétaire.

La même robe couvrant une femme du
monde, tombera sévère et discrètement plis-
sée, voilant les formes et dérobant les trésors
de l'aristocratique dame.

Sur d'autres épaules, au contraire, elle sem-
blera s'évertuer à accuser les richesses du corsage, les ampleurs de la statuaire, le modèle
provocant des beautés qu'elle doit contenir...
et cacher.

On dit parfois dans ce monde — où on né

14

sait guère davantage ce que c'est qu'une femme comme il faut qu'une femme à la mode — on dit que nous vivons dans un temps où les cocottes s'habillent comme les princesses... et les princesses comme les cocottes.

Il n'est cependant guère possible de s'y tromper.

Il restera toujours à la femme de race une supériorité incontestable — pierre de touche où l'or faux se reconnaîtra facilement — ce sont les plis de la même robe tapageuse.

C'est ce rien qui est le charme, la distinction, le bon goût.

On ne marche pas dans les salons du *Cafe Anglais* comme sur les tapis des hôtels du noble faubourg.

Allegretta, au reste, n'a pas de prétentions à la grande dame.

Elle ne veut avoir de commun avec elles... que les riches cavaliers qui forment son cor-

tége au bois, qui peuplent sa loge aux premières représentations.

Et sont inscrits sur son budget galant... au
chapitre des recettes.

Tout le monde la connaît d'ailleurs... et
peut-être mieux que je la connais moi-même.

Si elle vous a souri hier, ne m'en dites rien,
ce soir... je veux avoir des illusions de longue
durée... je n'ai pas encore payé la carte.

Nous sommes de vieilles connaissances...
de vingt-quatre heures.

Nous avons joué ensemble, à huis-clos, l'adorable saynète d'Alfred de Musset, *le Caprice*.

Et c'est à l'heure où je rêvais de faire un
peu de poésie — qu'elle s'est endormie... sous
l'influence du champagne. — J'ai encore trop
d'amour-propre pour croire que mes baisers
aient produit ce résultat anesthésique.

D'où elle venait... je n'en sais rien; — où
elle ira, je l'ignore.

Ce jour-là je l'ai rencontrée, chantant et riant ; elle a pris mon bras en dansant, elle a ri pour me montrer ses dents qui sont des perles délicatement montées.

Elle a bu pour répondre à mes propos joyeux.

Et elle s'est endormie en m'écoutant parler d'amour.

Je connais son nom et elle sait le mien.

Nous avons — où — je ne me souviens plus, partagé le sel et le pain de l'hospitalité... dans quelque table d'hôte sans doute.

Évidemment elle s'encanaille joyeusement au contact de ma flamme platonique.

En matière de sentiment, je suis sa descente de la Courtille.

Mon étreinte brusque, mon parler franc, parfois épigrammatique, la changent des afféteries et des mièvreries de la jeunesse dorée dont elle est la reine.

Peut-être mon nom plébéien et bohême pro-
duit-il, pour elle, un heureux contraste avec
ces noms sonores et historiques dont elle fait
litière dans son vide-poche.

Que m'importe, après tout ! jouissons du
présent sans nous inquiéter du passé, sans
nous troubler de l'avenir.

Prince ou roturier, je suis son roi... pour
vingt-quatre heures.

C'est ici, dans ce boudoir, comme au collége.

Point n'est besoin de descendre des croisés
pour y parler en maître.

Les qualités personnelles... ou monnayées
tiennent lieu de titres et de particules.

Le jeune duc de Brancas s'était pris de que-
relle avec un de ses condisciples du collége
Bourbon; ils en vinrent aux :

— Sais-tu bien que je suis fils de duc? dit
celui-ci à l'autre.

14.

L'autre, lui donnant un grand coup de pied... au bas des reins, lui répondit :

— Tiens! quand tu serais fils de prince, je ne saurais te le donner meilleur.

L'amour, c'est comme les coups de pied, la qualité du prétendant n'en peut augmenter ni diminuer la valeur.

La femme, bien plus que le niveau cabalistique de la franc-maçonnerie et des emblèmes républicains, égalise les castes et comble les distances.

Allegretta n'est pourtant pas indifférente à certaine supériorité; comme la *Marco* des *Filles de Marbre*, elle se soucie peu de la joyeuse ritournelle qui fait bondir les valseurs.

Pas plus que de la grande voix des peupliers...

Qui dans l'ombre « mugissent avec le vent. »

Ce qu'aime Marco, c'est l'or.

L'or qui tinte comme la chanson gaie des désirs assouvis, des caprices satisfaits.

Allegretta aussi aime ce refrain métallique.

Elle ne parle que par *louis*.

Et ce mot de louis a dans sa bouche un accent tout particulier.

Elle n'aime pas l'or pour l'or.

Elle ne thésaurise pas.

Allegretta est une belle fille de Paris, qui aime le luxe comme le lézard aime le soleil — pour y réchauffer ses vingt ans.

Elle a des perles au cou qui valent le traitement d'un sénateur.

Elle a aux doigts des brillants dont une seule pierre suffirait à payer le trousseau d'une mariée... pauvre.

Elle dort!

Et elle dort bien, la fantasque.

Les draperies de sa poitrine battent la mesure au doux andante que soupire sa respiration d'enfant...

Je suis seul, réduit aux tristes et monotones honneurs du monologue... si je ne trouve pas le moyen de charmer ma veillée, d'égayer la situation, de créer des incidents qui animent l'action.

Le monologue! ce triomphe des grands comédiens.

Cet échec des médiocres acteurs.

Figaro, dans le *Barbier de Séville*, a un monologue devenu célèbre.

Mais il a une guitare — cela occupe ses mains; cela lui donne une contenance.

Tandis que moi, dans ce galant écarté, je fais ma partie avec un *mort*.

Allez donc en même temps *chauffer* la scène, et ne pas réveiller la belle qui fait tableau.

Justement elle a bougé.

Eh! pardieu! j'entends; dans les plis de sa

jupe de popeline, un bruit de papiers en-
fouis.

Il y a évidemment là des accessoires qui
meubleraient le dialogue.

C'est assurément une localité à explorer, un
sol interdit aux profanes... et qui repose —
encore inconnu — sur un monceau de crino-
line.

Ces terres australes, ces régions que ni Cook,
ni Bougainville, ni Christophe Colomb, ni
Cortès, ni Dumont-d'Urville, n'ont décou-
vertes...

Ce sont ses poches.

Les poches de sa robe !

La pensée d'un voyage dans les poches de
cette robe traverse mon esprit.

Je suis d'un naturel fort aventureux et ne me
soucie guère des caps à doubler et des récifs à
braver ; cependant, je me demande avant de
mettre le pied sur l'esquif — ou plutôt la main

dans ces poches — si je dois bien m'aventurer
dans ces lieux inconnus.

Si je peux me risquer sous ces sombres tun-
nels où le touriste ne se risque qu'à tâtons.

Qui peut dire comment sont peuplées ces
localités... qui ne figurent pas sur la carte du
Tendre ?

Vais-je, comme un illustre navigateur, tomber à terre en touchant ce sol mystérieux...
ce qui est une prise de possession origi-
nale.

Bah ! je prendrai pour passe-port la philosophie, et advienne que pourra.

Si on avait peur d'un étourdissement, on ne
ferait jamais le tour du monde.

D'ailleurs ce voyage pourrait bien être aussi
utile à la science que l'excursion de M. Lagre-
née, en Chine; de MM. Combes et Tamisier,
en Abyssinie, et de l'infortuné Duvernon en
Afrique.

La science... galante s'entend, va voir s'ouvrir des horizons inconnus.

Et quelque jour un poëte dithyrambique
chantera mes prouesses.

Un lauréat du Conservatoire les harmoni-
sera sur un mode majeur.

> Amis, amis, que l'on seconde
> Les élans de mon cœur.
> Fouillons, fouillons, et tout un monde
> Est le prix du vainqueur.

Voici évidemment un pays vierge, où les
naturels du pays — les mains de ma mignonne
— ont seuls leurs coudées franches.

C'est une moisson prohibée aux étrangers
et où l'importation seule est tolérée, ce qui est
sagement vu... pour ne pas diminuer les richesses locales.

Je commence donc immédiatement mes
notes comme si j'étais délégué et payé par la

société de géographie et chargé de publier mes impressions dans la *Revue des Deux-Mondes*.

Que M. Buloz me soit léger !

La poche d'Allegretta se trouve située à dix centimètres de la ceinture, au nord-ouest, à la hauteur de la saignée quand son beau bras est allongé.

L'entrée en est étroite, comme celle d'un golfe difficile et où l'expérience d'un pilote habile est nécessaire.

Cette entrée dénote que la souveraine a la main petite.

L'intérieur est en satin bleu foncé pareil à un ciel transparent et tranquille.

La température en est tiède et parfumée, ainsi que le veut la zone des admirables pays d'Orient où croissent les fleurs rares aux suaves odeurs.

Je touche la terre.

La première chose que je rencontre est un

mouchoir, un tissu merveilleux de finesse et
d'élégance.

Signe de civilisation.

Nous ne sommes pas au Japon, où le mouchoir n'est qu'un carré de papier que l'on
glisse dans les manches pagodes du vêtement.

A l'un des coins du mouchoir se trouve
brodée l'initiale de la *diva*... avec une couronne.

Il y a là un indice de puissance, une marque de souveraineté.

Un célèbre voyageur abordant dans une île
inconnue, reconnut à un signe non équivoque
que le pays était civilisé.

Il venait d'apercevoir une potence.

L'initiale armoriée est un signe moins lugubre, mais il dénote une civilisation non
moins élevée.

Allegretta se conforme à l'usage.

Tout monarque a ses armoiries.

Les Bourbons ont le lys, — Les d'Orléans ont le coq, — les Napoléon ont l'aigle.

Allegretta a une guirlande de roses et de muguet sur champ d'azur.

Je n'ai pas vu cet emblème dans l'armorial de France, Borel d'Hauterive l'aura oublié dans ses savants ouvrages sur le blason.

Décidément la science héraldique est en décadence complète depuis 1793.

Après cela on ne peut tout savoir, et c'est, paraît-il, une grande preuve de science que l'aveu d'une ignorance plus grande.

— J'ai appris que je ne savais rien, s'écrie un des plus savants compilateurs du siècle passé.

— J'ai tout appris et ne sais rien encore, soupire Faust, l'encyclopédie vivante, sortie fantastique et passionnée du cerveau de Gœthe.

Le silence des spécialistes ne doit pourtant

pas arrêter nos investigations ; Allegretta est-elle duchesse ou baronne, fille de margrave ou chanoinesse ?

Ai-je grisé une descendante des croisades — ou des ribaudes qui suivaient les preux de saint Louis sur la terre lointaine, — ou suis-je appelé à l'insigne honneur de payer l'écot d'une Montmorency — qui a perdu son chemin ; — le panache de Henri IV qui aurait pu lui servir... ne se trouve même plus au musée des souverains.

Si j'examine l'héroïne, ma perplexité est extrême.

Ses longues tresses brunes sont cousines de la chevelure de la maison d'Espagne.

Les yeux pleins de rêverie sont archiducs d'Autriche.

Son cou semble modelé sur celui des filles de Borgia dont Cellini, le ciseleur florentin, a immortalisé les traits.

Elle a la taille de Naïmé sultane, les pieds de la souveraine du céleste empire.

Et son mouchoir exhale l'eau de Portugal.

Sa beauté a l'air d'un congrès.

La France seule y paraît oubliée; mais tout en elle est plein des élégances et des perfections de ce pays des amours faciles et des générosités chevaleresques.

Ne nous arrêtons pas à une difficulté généalogique.

Aussi bien toutes les femmes sont nobles depuis Ève qui inventa la vanité.

Pénétrons plus avant dans les terres inconnues, et cherchons dans les mystères du sol le moyen de découvrir à qui nous avons affaire.

Le second objet que nous rencontrons, est une clef, une véritable clef vénitienne... petite... de pur acier, presque une clé de bonbonnière telles qu'on les fait aujourd'hui pour en orner la chaîne de gilet.

Pourtant celle-ci n'est pas un bijou, c'est la proche parente d'une serrure de sûreté.

Elle ressemble comme deux gouttes d'eau... à celle que consultait M. Barbe-Bleue, — un mari qui n'aimait pas la curiosité et qui me tiendrait peut-être en piètre estime, s'il me voyait dans l'exercice de mes recherches, — pour savoir si chacune de ses femmes avait contrevenu à sa défense.

Petite clef mignonne, êtes-vous seule de votre espèce?... ou bien n'avez-vous pas de par le monde et dans d'autres mains une sœur jumelle ayant les mêmes priviléges que vous?

Par Fichet, — breveté sans garantie du gouvernement, qui a cependant édicté la loi Guilloutet, — je jure bien que je vous préférerais, — si j'avais le choix, — aux lourds passe-partout de la ville de Londres que j'ai vus l'an dernier entre les mains du lord maire.

Je ne sais pas même si votre possession ne

serait pas pour moi aussi attrayante que l'une des trois clefs, protégeant la grande caisse de la Banque de France contre les indiscrétions malsaines et qui sont entre les mains de trois hauts fonctionnaires différents de cet établissement de crédit.

Et dont la réunion est nécessaire pour ouvrir cette porte autrement légendaire que celle du conte arabe.

C'est un *sésame, ouvre-toi,* — en trois personnes.

Donc voilà un gouvernement nouveau qui se dessine au complet à l'horizon de l'explorateur.

L'écusson brodé révèle les armes nationales, c'est le drapeau.

La clef lilliputienne, c'est le ministère de la sûreté publique. Elle représente pour la princesse l'escadron d'honneur, la gendarmerie et la police.

Puisse-t-elle résister victorieusement aux insurrections!

Mais en rentrant dans la voie, ma main a rencontré un objet petit de forme : c'est un dé... un joli dé d'argent doré, avec cette légende :

En m'usant on s'enrichit.

Ce dé, chère dormeuse, est dans votre poche aristocratique un attribut de travail plébéien.

Vous sacrifiez aux idées révolutionnaires ! C'est une concession faite à l'opinion publique ; n'importe, — sans rechercher plus avant l'intention de ce dé, — il vous rehausse dans mon estime s'il vous amoindrit dans mon imagination. Ce dé est un labeur encouragé ; c'est l'argent bien acquis, c'est l'oisiveté combattue.

Ce dé, ma reine, c'est votre ministre des travaux publics.

Ce qu'il produit est sacré, digne d'être employé en aumônes.

Et il établit en faveur de la charité un chemin de fer de grande vitesse de votre cœur à votre poche.

La charité, c'est quelquefois le droit au pardon, pour les souverains qui ont des peccadilles à faire oublier.

Mais diable, voici des munitions meurtrières.

C'est tout un arsenal.

L'armée expéditionnaire est agressive au grand complet.

D'abord un petit miroir portatif dans lequel on passe la revue de ses charmes et sur le cristal duquel on exécute les grandes manœuvres de ses minauderies.

Puis la boîte de poudre de riz qui cache le vermillon de la pudeur ! élément de diplomatie qui compose son visage...

Puis l'éventail de bois de santal qui répand dans l'air les senteurs de l'Orient et derrière

lequel deux grands yeux font l'école de ti-
railleurs, — sans l'aide réglementaire du clai-
ron ou d'un sifflet.

Puis ce gant de chevreau qui abrite de jolis
doigts contre toute atteinte insolite et qui
figure au chapitre des mesures défensives, —
traité des fortifications.

Enfin le flacon de sels anglais qui donne du
cœur en cas de défaillance et ranime le courage abattu.

C'est ainsi que la *Marseillaise* entraînait autrefois les héros en sabots de la première
République.

Jamais État ne fut donc mieux gardé.

C'est plus fort que la flotte russe et les bat-
teries Krupp.

Et le ministère de la guerre est plein d'une
prévoyance heureuse, capable de conjurer les
désastres.

Ma main vient de toucher un papier.

15.

C'est un budget...

Le budget de l'intérieur assurément.

Il n'a pas été voté par deux chambres législatives, comme dans les États constitutionnels.

Il n'en est pas moins intéressant à consulter... et messieurs les économistes gagneraient certainement à en étudier les ressources.

Voici ce budget :

DÉPENSES DE LA JOURNÉE D'HIER

Café, crevettes, pain, brioche de Julien, place de la Bourse.	3	»
Sucre d'orge à l'absinthe.	»	50
A madame Hodde, rue Castiglione, pour un chapeau.	95	»
Au porteur d'eau.	»	10
A mon père, pour son tabac.	2	»
Garniture en passementerie pour ma robe neuve.	48	»
A l'homme qui chante dans la cour.	»	50
Mouron et graine pour les serins.	1	»
Oranges mandarines chez Chevet.	4	»
Un lacet de corset.	»	60
Une course de commissionnaire.	1	»
Reçu.		1000
	155 70	1600

Voilà certes un budget bizarre et qui bien
sûr ne motiverait pas les attaques des journalistes d'opposition.

Contrairement à ce qui a lieu dans les États
civilisés, le chapitre des fonds secrets figure
aux *recettes* et non aux *dépenses*.

La liste civile de la princesse n'en est pas
moins bien employée.

Il y a même dans les dix sous donnés au
chanteur « qui vient dans la cour » le principe
salutaire de l'encouragement aux arts.

La course du commissionnaire elle-même a
sa signification.

Elle précède immédiatement le versement
qui établit un avantage au profit de la caisse.

Ce commissionnaire paraît là comme un
porteur de contraintes des contributions indi-
rectes, chargé d'exciter le zèle et la ponctualité
des contribuables.

Je trouve dans le recoin sud-ouest de la con-

trée explorée un second papier fort, rugueux,
de couleur verte, et j'y lis en toutes lettres :

MONT-DE-PIÉTÉ DE PARIS.

Montant du prêt : cinq cents francs, ci : 500 fr.

Nature de l'engagement : un cachemire de
l'Inde.

Malpeste ! ma belle ! vous ouvrez des em-
prunts publics ?

Vous ne craignez pas de faire baisser la
rente en payant l'argent à 12 p. 100 au capita-
liste ?

Y pensez-vous, quand vous avez la latitude
des versements volontaires ?

Décidément votre ministre des finances est
répréhensible ; ce n'est que dans les grandes
occasions qu'il est permis d'aliéner les diamants de la couronne.

Voici un dernier chiffon :

Une écriture d'homme, des initiales à écus-

son, sur un papier bleu veiné... une écriture
d'épileptique.

Lisons :

  « Mon ange,

 « J'ai tort... et vous avez bien fait de me
« condamner... mais je me repens du fond du
« cœur. — Je suis défiant comme un amou-
« reux, injuste comme un jaloux. — Pardon-
« nez-moi ! — faites-moi miséricorde, et je
« reviendrai humble et soumis à vos pieds.

 « Votre ami malheureux,

    « MAXIME DE X***. »

C'est clair ! c'est un recours en grâce signé
dans le délai de trois jours après le prononcé
de l'arrêt.

L'infortuné se recommande à la clémence
royale. Voyons si la souveraine n'a pas, selon
l'usage, annoté la supplique pour servir de
guide au ministre de la justice.

Ma foi si, il y a au coin du placet, tracés

d'une main ferme, ces mots empruntés à l'argot du *Gamin de Paris* :

— *A la grande balançoire !*

C'est le rejet du pourvoi.

C'est plus significatif que l'inscription tant vantée de *l'Enfer* du Dante, qui ressemble à une consigne de vestiaire :

— *Laissez ici toute espérance !*

Au fond de la poche, je sens un objet sous ma main : — c'est un chapelet !

Les missionnaires ont bien raison de dire, dans leurs admirables *Lettres édifiantes*, qu'il n'est pas de pays sur la terre où ne se retrouve la croix sainte de Jésus-Christ.

La voilà même sur ce sol profane, toute mignonne, en argent ciselé, pendant au bout des *Pater* et des *Ave*, représentés par des grains de corail.

Allegretta a donc ses heures de recueillement et de piété !

C'est bien !

Il est bon que le mardi-gras soit suivi du mercredi des cendres.

Pourvu qu'elle ne soit pas comme Sophie Arnould, qui n'aimait de la messe que le pain bénit.

Enfin, elle songe au salut, — un peu à la façon des bateliers qui, en ramant, tournent le dos au port vers lequel ils voguent.

C'est égal, la primitive Église connaissait bien les femmes et leur penchant à la coquetterie, quand elle donnait à ses rosaires dévots la forme d'un collier, le scintillant éclat d'une parure.

Je touche à la fin de mon périlleux voyage.

Il ne me reste à voir que le monument principal de cette intéressante contrée : la Bourse... un petit porte-monnaie en cuir de Russie à fermoir de platine.

J'y pénètre.

Il s'y trouve des pièces de cinq et de dix
francs — en or, — des pièces d'argent qui se
cachent timidement dans un compartiment et
un billet de dix louis signé de M. Marsault.

Je ne connais pas personnellement l'honorable membre du Conseil de la Banque de
France, mais j'espère, pour son bonheur, que
sa femme n'est pas jalouse.

Il y aurait pourtant de quoi.

A chaque instant elle est exposée à voir
sortir la signature de son mari du tablier
chiffonné des Martons et des Dorines de ce
temps-ci.

Pendant que le monument est ouvert, si j'y
faisais un versement ?

Amant malheureux, c'est mon devoir, en
bonne justice, ce sont les condamnés qui
payent les frais.

Pas d'argent ! — j'aurais l'air d'un philan-
thrope.

Glissons-y cette bague, qu'elle trouvera tantôt, sans savoir d'où elle lui vient, cela me portera bonheur, et c'est de tradition.

Tout voyageur revenu sain et sauf d'une longue navigation doit jeter un objet à la mer comme un remerciement.

Fermons vite...

Crac !

Le fermoir est excellent, mais il fait un bruit d'enfer.

Remettons l'objet à sa place.

La détonation a réveillé ma dormeuse.

— Où suis-je ? fait-elle en frottant ses yeux comme on frotte deux brillants pour les faire chatoyer.

— Au Moulin-Rouge, ma belle ; à droite, Auteuil ; à gauche, Neuilly ; en face, le Palais de l'Exposition ; à tes côtés, ton amoureux transi.

— Que c'est bête, dit-elle après avoir tâté

ses poches, je rêvais qu'on m'avait volé mon porte-monnaie...

— C'est un bruit de Bourse, répliquai-je, pour rester dans l'ordre d'idées de ma précédente fiction.

— Et qu'on avait pris ce qu'il y a dedans, poursuivit la belle.

— Ma chère, lui ai-je répondu en sonnant le garçon, en fait de songes, il faut toujours croire le contraire de ce qu'on a rêvé, et se souvenir de la chanson du matelot :

« Le bien vient en dormant ! »

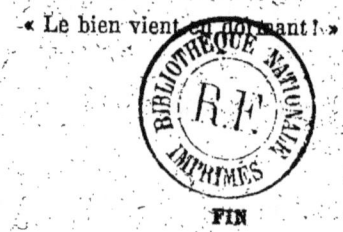

FIN

TABLE

F. Aureau. — Imp. de Lagny.

EXTRAIT DU CATALOGUE

DE LA

LIBRAIRIE E. DENTU

PALAIS-ROYAL, 17 et 19, GALERIE D'ORLÉANS.

ROMANS ET NOUVELLES

Collection grand in-18 jésus, impression de luxe

à 3 francs le volume

Amédée Achard	La Vie errante.	1 vol
Alfred Assollant.	L'Aventurier.	2 —
—	Un Millionnaire.	1 —
Xavier Aubryet.	Les Patriciennes de l'amour.	1 —
Gustave Aimard	La Forêt Vierge.	3 —
Philibert Audebrand.	Les Mariages d'aujourd'hui.	1 —
Henri Augu.	Les Oubliettes du Louvre.	1 —
—	L'Abbesse de Montmartre.	2 —
Audebert.	Le Roman d'un Libre penseur.	1 —
Mme Olympe Audouard.	Comment aiment les hommes.	1 —
—	Guerre aux hommes.	1 —
—	L'Homme de 40 ans.	1 —
Paul Avenel.	Le Duc des moines.	1 —
—	Les Lipans.	1 —
—	Les Calicots.	1 —
Aug. Barbier.	Trois passions.	1 —
A. Belot.	L'Article 47.	1 —
—	Mademoiselle Giraud	1 —
—	Le Parricide.	1 —
Elie Berthet.	Le Gouffre.	1 —
—	La Double Vue.	1 —
Félix Bonnal.	Les Souffrances d'un amoureux.	1 —
A. Bouvier	Auguste Manette.	1 —

LIBRAIRIE DE E. DENTU, PALAIS-ROYAL

ROMANS ET NOUVELLES, A 3 FR. LE VOLUME

F. du Boys.	La Comtesse de Monte-Christo. . .	2 —
Gontran Borys	Les Paresseux de Paris	2 —
Alix Bressant. . . .	Gabriel Pinson.	1 —
	Une Paria.	1 —
Emile Chavette. . . .	Défunt Brichet.	1 —
	Les Compagnons du Remouleur . .	2 —
A. de Cesena	Les Belles pécheresses.	1 —
Du Casse.	Quatorze de dames.	1 —
Jules Claretie. . . .	Mademoiselle Cachemire.	1 —
	Noël Rambert.	1 —
Champfleury.	L'Avocat trouble-ménage	1 —
L. Colet.	Les Derniers marquis.	1 —
	Les Derniers abbés.	1 —
Comtesse Dash. . . .	Une Femme libre.	1 —
	Quand l'esprit vient aux filles. .	1 —
	Les Soupers de la Régence. . .	1 —
Ernest Daudet . . .	Marthe Varades.	1 —
	Le Prince Pogoutzine.	1 —
	Jean le Gueux.	1 —
Alfred Delvau. . . .	Les Amours buissonnières. . . .	1 —
	Les Lions du jour.	1 —
Charles Deslys . . .	Henriette, histoire d'une faute .	1 —
	L'Ami du Village	1 —
Alphonse Daudet. .	Les Aventures de Tartarin. . .	1 —
A. Dubarry	Le Roman d'un Baleinier . . .	1 —
Georges Eliot. . . .	La Famille Tulliver.	2 —
Etienne Enault. . .	Comment on aime.	1 —
	Le roman d'une Altesse. . . .	1 —
	Le Dernier amour.	1 —
	Histoire d'une Conscience. . .	1 —
	L'Enfant trouvé.	2 —
	L'Amour à vingt ans.	1 —
	Mlle de Champrosay.	1 —
Mme Marie de l'Epinay.	Contes de nuit.	1 —
Expilly.	Aventures du capitaine Cayol.	1 —
Oct. Féré et St-Yves.	Les Chevaliers d'aventures. . .	1 —
	Un Mariage royal.	1 —
	Les Amours du comte de Bonneval.	1 —
Paul Féval	Aimée.	1 —
	Le Capitaine Fantôme.	1 —

ROMANS ET NOUVELLES, A 3 FR. LE VOLUME

Paul Féval	Les Filles de Cabanil.	1 —
—	La Cosaque.	1 —
—	L'Hôtel Carnavalet.	1 —
—	La Cavalière.	2 —
—	La Duchesse de Nemours.	1 —
—	Madame Gilblas.	2 —
—	Les Belles de nuit.	2 —
—	Bouche de fer.	1 —
—	Les Deux Femmes du Roi.	1 —
—	Le Drame de la jeunesse.	1 —
—	Les Errants de nuit.	1 —
—	La Fabrique de mariages.	1 —
—	La Garde noire.	1 —
—	Jean Diable.	2 —
—	L'Arme invisible.	1 —
—	L'Avaleur de sabres.	1 —
—	Le cavalier Fortuné.	2 —
—	Le Château de velours.	1 —
—	Contes bretons.	1 —
—	Le Jeu de la mort.	1 —
—	Maman Léo.	1 —
—	Mademoiselle Saphir.	1 —
—	Les Mystères de Londres.	2 —
—	Les Parvenus	1 —
—	La Pécheresse.	1 —
—	La Province de Paris.	1 —
—	Le Quai de la Ferraille.	2 —
—	Les Revenants.	1 —
—	La rue de Jérusalem.	2 —
—	La Tontine infernale.	1 —
—	La Tache Rouge.	2 —
—	Le Volontaire.	1 —
—	Le Petit Bossu.	2 —
E. Feydeau	Catherine d'Overmeire.	2 —
—	Sylvie.	1 —
Fortunio.	Les Amours de Geneviève	1 —
—	Les Femmes qui aiment.	1 —
—	La Lionne amoureuse.	1 —
B. Gastineau	Nouveaux romans de Paris.	1 —
Gavarni	Manières de voir, façons de penser.	1 —

Léon Gozlan	La Vivandière.	1 —
Garibaldi.	La Domination du Moine	1 —
E. et J. de Goncourt	Une Voiture de masques.	1 —
Gondrecourt	Le Pays de la Peur.	1 —
—	La Guerre des Amoureux.	1 —
—	Le Pays de la Soif.	1 —
Gonzalès	Une Princesse russe.	1
—	La Belle novice.	1 —
—	Le Chasseur d'hommes.	1 —
—	Les Amours du Vert-Galant.	1 —
—	Les Gardiennes du Trésor	1 —
Ch. d'Héricault.	Les Amours d'un diplomate.	1 —
Haucastel (D')	Nouvelles Histoires	1 —
Jean Hopfen.	La Chanteuse ambulante.	1 —
Ch. Joliet.	Chérubin	1 —
L. Jourdan	Un Hermaphrodite.	1 —
—	Les Martyrs de l'amour.	1 —
V. Kœning.	Tout Paris.	1 —
—	Voyage autour du demi-monde.	1 —
Henri de Kock.	La Fille d'un de ces Messieurs.	1 —
Ernest Lacan	Les petites gens.	1 —
Aylic Langlé.	La Toile d'araignée.	1 —
G.-A. Lawrence.	L'Épée et la Robe.	1 —
—	Frontière et Prison.	1 —
—	Honneur stérile.	2 —
—	Guy Livingstone.	1 —
—	Maurice Dering.	1 —
H.-T. Leidens.	Le Manuscrit de ma cousine.	1 —
Hippolyte Lucas.	La Pêche d'un mari.	1 —
—	Madame de Miramion.	1 —
Ch. Maquet	La Passion de mon oncle.	1 —
A. Marx.	Histoire d'une minute.	1 —
Mané	Paris amoureux.	1 —
—	Paris viveur.	1 —
—	Paris mystérieux.	1 —
Mary-Lafon.	Coutumes de la vieille France.	1 —
Michel Masson.	La Gerbée, Contes de famille.	1 —
A. Mazon	Le Vieux musicien.	1 —
Antony Méray	Tribulations d'un joyeux monarque.	1 —
Mocquard.	Jessie.	2 —

LIBRAIRIE DE E. DENTU, PALAIS-ROYAL

ROMANS ET NOUVELLES, A 3 FR. LE VOLUME

LIBRAIRIE DE E. DENTU, PALAIS-ROYAL

ROMANS ET NOUVELLES, A 3 FR. LE VOLUME

LIBRAIRIE DE E. DENTU, PALAIS-ROYAL

ROMANS ET NOUVELLES, A 3 FR. 50 C. LE VOL.

Collection grand in-18 jésus à 3 fr. 50 le volume

Du Casse.	Les Suites d'une partie d'écarté.	1 —
A Gouet.	Une Caravane dans le désert.	1 —
G. Elliot.	Adam Bède	2 —
—	La Dette de famille.	1 —
Emile Gaboriau.	L'Affaire Lerouge.	1 —
—	Les Cotillons célèbres.	2 —
—	Le Crime d'Orcival	1 —
—	Les Esclaves de Paris.	2 —
—	Le Dossier n° 113.	1 —
—	Les Gens de bureau.	1 —
—	Monsieur Lecoq.	2 —
—	La Vie infernale	2 —
—	Le 13e Hussards.	1 —
—	La Clique dorée.	1 —
—	Les Comédiennes adorées.	1 —
Marc Pessonnéaux.	La Pretentaine.	1 —
J. de Saint-Félix.	Les Nuits de Rome.	1 —
Société des gens de Lettres	Les Plumes d'or.	1 —
Ivan Tourgueneff.	Nouvelles Scènes de la vie russe.	1 —
Ch. Yriarte	Les Célébrités de la Rue.	1 —
A***	Mémoire d'un proscrit	1 —

LIBRAIRIE DE E. DENTU, PALAIS-ROYAL

ROMANS ET NOUVELLES, A 2 FR. LE VOLUME

Collection grand in-18 jésus à 2 fr. le volume.

F. Aureau. — Imprimerie de Lagny